警犬汉克历险记53

U0592702

卓沃尔的秘密生活

作 者

[美] 约翰·R.埃里克森

插画家

[美] 杰拉尔德·L.福尔摩斯

译 者

刘晓媛 英尚

浙江工商大學出版社
ZHEJIANG GONGSHANG UNIVERSITY PRESS

图字：11-2011-207 号
图书在版编目（CIP）数据

卓沃尔的秘密生活 /（美）埃里克森（Erickson, J. R.）著；
刘晓媛，英尚译 .—杭州：浙江工商大学出版社，2015.3
（警犬汉克历险记；53）
书名原文：Drover's Secret Life
ISBN 978-7-5178-0151-1

Ⅰ.①卓… Ⅱ.①埃… ②刘… ③英… Ⅲ.①儿童故
事—美国—现代 Ⅳ.① I712.85

中国版本图书馆 CIP 数据核字（2013）第 292210 号

卓沃尔的秘密生活

[美]约翰·R.埃里克森 著

刘晓媛 英尚 译

出版发行	浙江工商大学出版社
出 品 人	鲍观明
版权总监	王毅
组稿编辑	玲子
责任编辑	罗丁瑞　黄静芬
策划监制	英尚文化　enshine@sina.cn
营销宣传	北京大地书苑图书发行有限公司
设计排版	纸上魔方
印　　刷	北京市全海印刷厂
开　　本	710mm×1000mm　1/16
印　　张	8
字　　数	100 千字
版 印 次	2015 年 3 月第 1 版　2015 年 3 月第 1 次印刷
书　　号	ISBN 978-7-5178-0151-1
定　　价	19.80 元

本书献给简妮·麦克卡特，
感谢她在马弗里克出版公司中
对汉克和卓沃尔的照顾

牧场全景图

1. 盖岩高地
2. 通往特威切尔市的道路
3. 通往高速公路和 83 号
   酒吧的道路
4. 马场
5. 斯利姆的住所
6. 蛋糕房
7. 器械棚
8. 翡翠池
9. 鲁普尔一家住所
10. 比欧拉所在牧场
11. 邮筒
12. 油罐
13. 狼溪
14. 黑森林

出场人物秀

汉克

　　牛仔犬，体型高大。自称牧场治安长官。忠诚又狡黠，聪明又愚蠢，勇敢又怯懦。昵称汉基。

卓沃尔

　　汉克忠诚但胆小的助手。个子矮小，执行任务时，经常说腿疼，让人真假难辨。

皮特

　　牧场里的猫，喜欢和汉克作对，但与卓沃尔关系不错。

鲍里斯·O·蝙蝠

一只蝙蝠，曾被卓沃尔所救。

茶匙

简称为"匙"，一条澳大利亚牧牛犬。

斯力克

游乐场里的一条杜宾犬。

鲁普尔

　　汉克所在牧场的主人，萨莉·梅的丈夫。

萨莉·梅

　　牧场女主人，因不喜欢汉克的淘气和邋遢，与汉克的关系时好时坏。

斯利姆

　　牧场的雇员，牛仔，独身，生活较邋遢。

精彩抢先看

广阔的世界

我们刚才在谈论什么来着？哦，对了，离开家。那是悲伤的一天，那一天，我妈妈认为我到了闯荡世界、寻找自我的时候了。嗯，我做到了。确切地说，是在我离开家走进广阔的世界中的三十分钟之后，我找到了自我。

不论我走到哪里，我都在那里！于是，带着这个发现，我决定回家。

当人们谈论"广阔的世界"时，他们没有开玩笑。我们庭院外面的世界的确比我想象的还要广阔。它简直巨大无比，有房子、街道、商店、汽车、树木、灌木丛、花朵、人行道、邮筒、人类。

我在外面的世界里也看到了许多狗。大多数的狗都比我高大，大多数的狗看起来都想打架。我计算了一下。如果我与特威切尔市的每条狗都打上一架，我必须活到一百二十七岁，这真够糟糕的。这是我妈妈希望我一生做的事情吗？我认为不是。

于是我在篱笆下面挖了一条通道，偷偷地回到了院子里。

我所编排的章节名称和序号

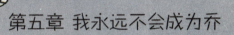

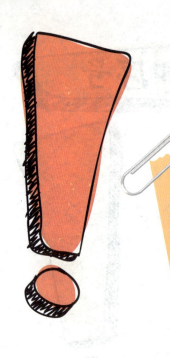

序言

又是我，警犬汉克。当卓沃尔跑进器械棚里躲藏起来的时候，你们想过他会在那里干什么吗？对此我一直很好奇。我的意思是，那个小矮子在那里度过了许多时光，他究竟在干什么呢？

有一次，我问起他，他说："我在数山羊。"

"山羊？你为什么要数山羊？我们这个牧场上又没有山羊。"

"嗯，如果我数绵羊，我就会睡着。当你睡着的时候，一切都是黑暗的，我害怕黑暗。"

你们听，这有意义吗？在我听来没有任何意义。不过，这么多年以来，我已经学会了……我怎么说呢？我已经学会了不要对卓沃尔的回答抱太大期望。我们所能说的就是，他花了大量的时间待在器械棚里，偶尔数一数子虚乌有的山羊。

不过，你们知道吗？数羊群并不是他在那里做的全部事情。最近，我发现这个小傻瓜一直在写自传。你们认为我在开玩笑？我没有开玩笑。他在器械棚地面的灰尘上把它画了出来。我前几天发现的，在灰尘上有半英亩鸡爪

似的印迹。

自然而然地，我的第一个念头就是，这些印迹应该立刻被擦掉。我的意思是，写这个东西的家伙，正是那个躲藏在自己的粗麻袋床下和扑咬雪花的家伙。这个世界准备好接受一本关于这个家伙生平的书了吗？没有。毫不犹豫地，我……

你们知道吗？我没能让自己擦掉它。实际上，我开始读起来……嗯，这很怪异，但也很好笑。我的肋骨都笑疼了。它实在是太有卓沃尔的风格了。

我不是说这个世界已经准备好接受这些内容，也不是说你们应该读一读，不过，如果你们想要偷看一眼，它就在这里。但是，如果这让你们开始数山羊或者扑咬雪花，可不要怪我。

——汉克

第一章

这才是
第一章

嗯，让我想一想，我应该怎样开始呢？我以前从来没有做过这种事，我有点儿紧张。如果我搞砸了怎么办？每个人都会嘲笑我，我不喜欢这样。

大多数的狗都在没有写下一本书的情况下走完他们的一生，到目前为止我也是这样的。不过，突然之间，我产生了一种强烈的冲动，想要写一个关于卓沃尔·C·狗的精彩故事。

那就是我。如果我将要成为一位作家，我就需要取一个听起来像一位作家会用的名字。简单的老"卓沃尔"听起来并不吸引人，是不是？我认为是的。"卓沃尔·C·狗"听起来更戏剧化一些。这是一个需要大张旗鼓宣扬的名字。

这个名字是我自己取的。我使用"狗"作为我的姓，因为……嗯，我是一条狗，它符合我的身份。中间的缩写字母"C"来自于稀薄的空气。

这样说很可笑，"稀薄的空气"。还有其他种类的空气吗？我不知道。在我看来所有的空气都相当稀薄，否则当我们呼吸的时候，我们就会被呛到。

我们会呛水，我知道这一点。我曾经看到一只蝙蝠差点儿淹死。那是一个大热天，他想要喝点儿水，但是他掉进了一个金鱼池里，因为他视力不好，而且不会游泳。我不得不把他拖出来。他的名字叫鲍里斯·O·蝙蝠，稍后他会在这个故事中出现，如果我能写到那么远。我不确信自己能写到他出场。如果我不……算了，我曾经救过一只蝙蝠，这很令人激动。

我选择C作为我名字的中间部分。它听起来朗朗上口，而且我一直想要看到海洋……看海，你们可以这样说，而突然之间，这几件事契合在一起了：C，看，海①。

当事情像这样环环相扣时，一切是很巧妙的，于是我的笔名就决定用"卓沃尔·C·狗"了。也许有一天，我们会看到它大放异彩。

又是那个词，"看"。它不停地跳出来。也许我的新名字会给我带来好运。希望如此。坏运气并不好，我不需要任何坏运气。

总之，我有点儿紧张。我想要把它写成一个好故事，不是令人感到无聊的那种。这是一个挑战。汉克总是对我说，我是一个相当无聊的家伙，而我有一种感觉，他说得对。

不过，虽然你是一条无聊的小狗，但这并不意味着你写的故事一定是无聊的。我会试着把它写得生动有趣，不过不是现在。刚写了这么一点儿就已经让我疲惫不堪了，我需要打个盹儿。一个小时后再见。

第二天

事实证明，我打了一个相当长的盹儿，大约有十五个小时，是美美的一觉。我梦到了……我不记得了，不过那是一个好梦。现在，我精神焕发，头脑清醒，我要开始写我的秘密生活了。

开始吧。

————————————

① 英语中，看（see）与海（sea）都与字母C的发音相同。

好吧，我出生了，这是所有故事的开始。然后我长大了，变成了现在这个样子。在这两者之间，没有发生太多的事情。

汉克说得对。我的生活一直很无聊，即使是我自己也受不了听我自己的故事。作为作家，我是一个失败者。我早就知道这一点。这太难堪了！再见。

第三天

嗯，我回来了。我不打算放弃。虽然你没有什么可说的，但这并不意味着你不应该把它写出来。此外，我有一些事情要说。昨天晚上，我在睡梦中想到了这些。

重新开始吧。

正如我所说的，我出生了，这是所有故事的开始。妈妈说当时我在场，但是我不记得了。我所记得的全都是她告诉我的。有一天，她坐在院子里，突然之间，她产生了一种冲动，想要去露营。她认为这个想法很奇怪，因为她从来都不喜欢露营。她在院子里搜索着，直到发现一个空盒子和一些用来铺床的破布。

她说露营很好玩，不过这让她有些消化不良。她以为自己是消化不良，不过，当我的哥哥威利出生时，她知道有些事情发生了。

我是第九个，最后一个落地的小狗。妈妈说当她看到我时，她尖叫着："这一点儿也不好玩！我想要的不过是露营，可是现在，我要与几只湿漉漉的老鼠共用一只盒子！"

她花了很长时间才明白过来，这些"湿漉漉的老鼠"是她自己的孩子，她刚刚变成了全职妈妈。她认为我们是她曾经见过的最丑陋的家伙。不过，当她哭泣了一阵之后，她把我们舔干净，开始喂我们吃午饭。

正如我所说的，我们兄弟姐妹共有九个，但她的餐桌上只有八只碟子。我和威利不得不共用一只碟子。他总是第一个赶到那里，像猪一样大吃大喝。而我只能吃他剩下的。

好了，这些是我最早的记忆……或者有可能是最早的记忆，如果我能够回忆起更早一些的事情。但是我不能。

第二章

悲伤而孤
独的童年

有一个秘密，如果你们答应不告诉别人，我就告诉你：我的童年并没有那么糟糕。事实上，我过得相当愉快。不过，谁想读一个有着幸福童年的狗的故事呢？没有人。

这就是我把这一章的标题拟为"悲伤而孤独的童年"的原因。当你讲述幸福的故事时，每个人都会睡着。

不过，再来说说我哥哥威利吧。我们一共有九条小狗，不过妈妈的餐桌上只有八只碟子，所以我和威利不得不共用一只碟子，而他饕餮的吃相就像一只猪。他长得又高又壮，而我则长成了一个有一条秃尾巴的小矮子。

我们住在得克萨斯州特威切尔市的一个有篱笆的院子里。这是一个有趣的名字，特威切尔。我一直是群体中最小的狗，我害怕任何东西，只要你们说出名字来，我都会害怕：暴风雨，巨大的声响，水，黑暗。我的哥哥们朝着汽车吠叫，我不敢，我躲在灌木丛后面。附近地区的一些狗会嚼报纸，但是我不嚼。我害怕被橡皮圈噎到。

当邮差每天来送信的时候，我的一些朋友们总向着他吠叫，他们说这很好玩。我从来没有尝试过这么做。邮差总是在肩膀上挎一个大皮包，我害怕当我向他吠叫时，他会把我塞进皮包里，把我带到某个可怕的地方。

我不知道他来自哪里，不知道当他离开邮筒以后会去哪里，我也不想知

道。我总是认为在那些邮递员身上有一些可疑的地方，于是我尽量离他们远一点儿。

我并不为自己胆子小而感到骄傲。狗们应该勇敢一些，做一些大胆的事情，每个人都这样说。我梦想着成为一条英勇无畏的狗，与怪兽进行战斗。不过，我长得越大，就越胆小。

你们知道，也许我的童年时代并不像我想象的那样快乐，因为我浪费了大量的时间去害怕和担心我的尾巴。有一天，妈妈和我谈了一次话。

她说："儿子，你的哥哥姐姐们都已经长大了，离开了家。"

"是的，我有时候感到寂寞。"

"不是寂寞，是平静。"

"我有些想念他们，不过他们离开以后，现在我有更多吃的东西了。"

"这引出了一个敏感的话题。"

"我不想念威利，那只贪婪的猪。"

"喂？"她在我眼前摇了摇爪子，"你听到我刚才说的话了吗？"

"哦，嗨，妈妈，你说什么了吗？"

"是的，我说这引出了一个敏感的话题——你。"

"天啊，我不知道自己是一个敏感的话题。"

"卓沃尔，对一条狗来说，总有一天，他要离开家。"

"是的，不过那是在他长大以后。"

"这就是问题所在。按人类的年龄来说，你已经二十五岁了，却仍然待在院子里，这开始让我感到难堪了。你自己不觉得难堪吗？"

"让我想一想。不觉得。"

"嗯，你理应觉得的。我看到附近的狗们在交头接耳。"

"哦，我一直想知道他们在交头接耳地说些什么。"

"他们在说你的闲话。他们想知道你是否会长大，你知道吗？"她深深地注视着我的眼睛，"我也想知道。"

"嗯，我曾经尝试过，妈妈，不过没有用。所以我想，我会再在这里待一段时间，如果没有问题的话。"

"有问题。你的哥哥姐姐们现在都已经有了他们自己的家，还有工作，而你……你打算干什么，当一个懒汉？"

"你介意吗？"

"你要当一个懒汉？你真的想要对你可怜的妈妈这么做吗？"

"嗯，我一直在考虑这件事。"

"你不会当一个懒汉的！"突然之间，一丝深深的焦虑掠过她的脸。她向我倾下身来，低声说："卓沃尔，你有什么问题吗？你可以告诉我，我是你妈妈。"

在我整个一生中，我一直在极力隐藏那件羞耻的事，不过此刻，她询问我事情的真相。"是我的尾巴，妈妈。"

"你的尾巴怎么了？我喜欢你的尾巴。"

"我讨厌我的尾巴，它又短又秃。"

"不要说它又短又秃，你这样说好像它是残疾的。"

"它就是残疾的。"

"卓沃尔，这叫'剪尾'。对狗来说，它就像理发。它美化了你的外表，让你看起来清爽利落。"

"它曾经有两倍那么长，而现在，它只有原来的一半那么短。"

"它看起来比过去漂亮两倍。"

"我加倍地讨厌它了。"

她转了转眼珠儿。"别介意你的尾巴了。你还有别的什么问题？"

"我是一个小矮子。"

"你不是小矮子，你只是长得小巧。"

"狗们都知道，妈妈，我是一个小矮子。"

"好吧，你是一个小矮子，那又怎样？"

"我是一个长着又秃又短尾巴的小矮子。"

"宝贝，这个世界需要小矮子。对每一个小矮子来说，都有一份工作在等待着他。"

"比如说？"

"我给你列一个单子：捕鸟犬、警卫犬、种犬、导盲犬、追踪犬、看家犬、庭院犬、门廊犬，等等。那么，你想成为哪一种？"

"我必须现在作决定吗？"

"我给你两分钟的时间考虑，当懒汉不是其中的选项。选一个能让人们产生敬意的工作。"

我思考着，然后透露出我的秘密梦想。"妈妈，既然我是一个小家伙，那么我想要成为一位英俊的王子。"

她的嘴巴张大了，有整整一分钟的时间，她没有说出话来。"一位英俊的王子？那是一项工作吗？你需要训练吗？"

"我不知道，也许某个地方有一所'英俊王子学校'。"

她转过身，摇了摇头。"哎呀呀！不过你会离开这个院子，是不是？"

"嗯，你知道，我正在考虑……"

"你会离开这个院子。如果他们不雇用王子，试着捕鸟，或做些其他的事情。此外，儿子，永远要记住……"

"好的。"

"我还没有说呢。"

"哦，抱歉。"

"永远要记住，我的孩子，在战斗中，重要的不是狗的个头大小。"

"是的，我已经听了上千次了，重要的是狗在战斗中叫的声音的大小。"

她久久地注视着我。"对你而言，能理解到如此程度已经差不多了。"

"谢谢你，妈妈，你总是知道应该说什么。"

"真的？哈哈哈！"不知为何，她走开了，像发了疯似的大笑着。我呢？我离开了家，走进广阔的世界中，去追寻自我。

这就是我悲伤而孤独的童年故事。正如我所说的，它并没有那么悲伤和孤独，不过，我的确很长一段时间都为我的尾巴而郁郁寡欢。

第三章

独自在冰冷
的世界中

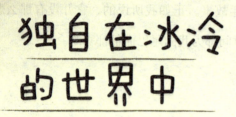

你们知道，这很有趣儿。居住在这个牧场上，我注意到冬季的时候天气会转冷，年年如此。你们几乎可以预言这件事。我认为这与万圣节有些关系。

在万圣节前，天气温暖，阳光明媚。不过随即，鸟儿们离开了这里，我一直不理解他们为什么要这样做。整个夏天他们看起来很快乐，唧唧喳喳地叫着、唱着，用他们的瘦腿跳来跳去，在天空中飞翔。

他们似乎很喜欢在天空中飞翔，不是吗？如果我是一只鸟，我也会喜欢的，可惜我不是。我曾经试过飞翔。我的朋友皮特（他是一只猫）对我说，如果我从一辆小货车的车厢里跳出来，同时摆动我的耳朵，我就能像一只象鼻虫一样飞起来。

我试了几次，不过我总是直接掉下去，鼻子撞到地面上，非常痛。皮特说我的动作不对，这就是我摔到地面的原因，他告诉我摆动左耳的次数应该比右耳多。

他不断地为我打气，我觉得自己就像一条超级狗，我再次进行了尝试，再次从斯利姆的小货车车厢中跳出去，也再一次受了伤。不过，当我从地上爬起来时，皮特已经来到了我的身边。他一直在注视着整个过程，所以，他能为我指出来我什么地方做错了。

你们永远也猜不到我什么地方做错了。这是一个微不足道的小错误，如果皮特不告诉我，我永远也不会注意到——我没有把嘴唇抿在一起。你们能相信这一点吗？我觉得自己太愚蠢了。

既然这是我的秘密故事，我可以承认一些事情。在我的一生中，这不是我第一次感觉到自己很愚蠢，也不是第二次，这种事情发生过许多次。觉得自己像一个傻瓜，这种感觉并不好受，它影响了你整个人生态度，有皮特这样的朋友在身边真是一件好事。

也许我不应该称他为我的朋友。他是一只猫，你们知道，如果我说我和一只猫做了朋友，我就会惹上大麻烦，汉克会大发雷霆。不过这是事实。皮特是我的朋友，当我摔第二次……第三次的时候……

那一天我摔了许多次，有二十次或者二十五次之多。我总是掌握不了飞行的要领，每一次我都会犯一些小错。我觉得皮特肯定会对我一而再、再而三的失败表现感到厌倦，他会觉得气馁，从而不再帮助我了。但是，他没有这么做。

我自己反而相当气馁，甚至开始哭泣起来。"皮特，我再也做不了了，我再也进行不下去了，我觉得自己是一个失败者！"

我永远也忘不了他的话，非常令人感动。他说："卓沃尔，失败者与英雄之间的唯一区别是……一条腿是相同的。"

天啊，我从来没有这么想过，他的话让我感觉醍醐灌顶，给我带来了希望与勇气。在他的帮助下，我重新爬进了小货车的车厢里，再一次进行飞行。

那天晚上，当夜色降临的时候，我们立起了一块"狗狗飞行纪念碑"。皮特称它为"反向纪念碑"，因为这块纪念碑不是像雕像那样竖立起来，而

是钻到地面下的，就像一个坑。

它就是一个坑，是我的鼻子在地面上撞出来的坑，不过，就像皮特所说的，天哪，它是我们的坑！它在那里，每个人都能看到，这是对勇敢的狗与他们的飞行器的生动礼赞。

看到那个纪念碑，的确让我感到骄傲。我献身并竭尽全力打造的那个坑。不过，如果没有皮特的帮助，我无法完成这项工作。

我们说到哪里了？哦，是的，关于万圣节让天气变冷的事情，万圣节也是怪兽们——骷髅、女巫、戴头盔的黑武士——出动的时候。黑武士披着一件黑色的斗篷，说话的声音就好像得了重感冒，把我吓得魂飞魄散。每个万圣节，他都会来到牧场。

他第一次来鲁普尔与萨莉·梅的家里时，汉克让我出去，冲着他吠叫。我不想出去，但我还是照做了。冲着他吠叫一声之后，我像闪电一样跑到器械棚里去了。

汉克气坏了，他叫我胆小鬼，不过，我不在乎。第二年，黑武士回来了，我再次跑到了器械棚里，只是这一次，我没有冲他吠叫。每年的万圣节他都会回来，不过，我们达成了某种共识：我不向他吠叫，他也不吃我。每次当他来到牧场的时候，他都会从一辆汽车里走出来，我径直跑向器械棚，待在那里，直到他离开。没有混乱的场面，没有大惊小怪，没有噪音，什么都没有。

我不知道他为什么每个万圣节都要来这里，不过，他似乎也没做过什么坏事。如果他想要伤害什么人或者偷东西，也许我就会从器械棚里出来，冲着他吠叫。或者，也许不会。很可能不会。

我不记得刚开始这一章时我谈论了什么，不过，我认为现在是开始另一章的时候了，你不能永远待在同一章里，如果你在同一章里把你整个人生的故事讲完，它或许会令人感到厌倦。

下一章会很有趣儿。

第四章

下 一 章

我需要集中我的注意力，在同一个时间里只想同一件事情，这对我来说总是很困难。我的思路总是千头万绪。

牧场的确是一个繁忙的地方，我很难把我的思绪都集中在《卓沃尔的秘密生活》这本书上，我还没有说到最后我是怎么来到鲁普尔与萨莉·梅的牧场上的，不过我正朝着这个方向前进。

不过，你们知道吗？我身上有些发痒，它一直折磨着我，我想要挠一挠。我其实不想这么做，我想要继续讲述我离家以后所经历的伟大冒险，但是，我再也忍不下去了。

你们会等我一会儿吗？我很抱歉，不过，如果我不立刻挠挠痒，我就无法思考别的事情。不要走开。

挠一挠，挠一挠，挠一挠！

好了！天啊，太舒服了。我感觉好多了，我希望你们也有这种感觉。

我们刚才在谈论什么来着？哦，对了，离开家。那是悲伤的一天，那一天，我妈妈认为我到了闯荡世界、寻找自我的时候了。嗯，我做到了。确切地说，是在我离开家走进广阔的世界中的三十分钟之后，我找到了自我。

不论我走到哪里，我都在那里！于是，带着这个发现，我决定回家。

当人们谈论"广阔的世界"时，他们没有开玩笑。我们庭院外面的世界的确比我想象的还要广阔。它简直巨大无比，有房子、街道、商店、汽车、树木、灌木丛、花朵、人行道、邮筒、人类。

我在外面的世界里也看到了许多狗。大多数的狗都比我高大，大多数的狗看起来都想打架。我计算了一下。如果我与特威切尔市的每条狗都打上一架，我必须活到一百二十七岁，这真够糟糕的。这是我妈妈希望我一生做的事情吗？我认为不是。

于是我在篱笆下面挖了一条通道，偷偷地回到了院子里。我看到妈妈就在不远处，她正躺在树阴下面，啃着一根做汤用的骨头。她面带灿烂的笑容，我听到她在说："终于，和平了，宁静了！所有的孩子们都长大了，离开了家，我可以自己啃一根骨头了。真是惬意的生活。"

我尽量踮起脚尖穿过庭院，躲在花丛后面，不过，她的耳朵竖了起来，那根骨头从她的嘴里掉了下来。然后，她的声音划破了寂静："卓沃尔！你干嘛又回到这里？我送你去外面的世界，你却又回来了！"

"妈妈，我去过外面的世界了，它太大了，并且……"就在这时，我的腿突然有些不对劲了，不骗你。一丝可怕的疼痛倏地从我的脚尖传来，我还没弄清楚发生了什么事情，就已经一瘸一拐地绕圈子了。"哦，我的腿！这条腿疼死我了！"

起初，她的表情有些怀疑。不过，当我痛苦的呻吟声越来越大，我瘸得越来越严重时，她说："哦，也许你应该躺下来。"

"谢谢你，妈妈。只要一个晚上，它就会好起来。天啊，我不知道发生了什么事，不过这条腿真的……哦，好痛啊！哦，我的腿！"

一个月以后，妈妈的态度已经变得很差。我的意思是，脾气很坏。她用尽了家里所有的药物，还有温柔的看护。不过，运气真是坏透了，我的腿的情况持续恶化。我对此非常难受，不过，当一条狗的肋骨受伤时，你能让他怎么办？

一天早晨，她来到我的床前。"腿怎么样了？"

我试图隐藏起痛苦，那种可怕的痛苦，不过一声呻吟从我的嘴里冒了出来。"你知道，妈妈，我原以为它变得好点儿了……不，我确信它变得好点儿了，不过，它又变得有点儿糟糕。我不知道应该怎么说。"

"哪条腿？"

"左前腿，就在脚踝下面的部分。噢噢噢！好痛啊。"

"昨天是右后腿，在膝盖附近。"

"是吗？你不是说笑吧？"

"是真的。"

"天啊。你怎么解释这件事？"

"我也感到奇怪。"

"嗯，我猜疼痛转移了，是不是？我曾经听说过疼痛转移的情况，这是非常糟糕的。"

"哦，真的？"

"是的，的确如此。去年这种情况造成了可怕的伤亡。得克萨斯州所有的狗都像苍蝇一样倒下了。"

"上帝啊。"

"他们说，唯一的治疗方法就是多休息。"

"多休息是多长时间？"

"哦……几个月，有时候是几年。视情况而定。"

"我明白了。"妈妈向旁边走开几步，突然转过身，用最大的声音尖叫起来："卓沃尔，院子里着火了！快逃命去吧！！"

嗯，我从来不是一条喜欢与火打交道的狗，火灾警报只响了一声，我就从床上跳了起来。径直地向篱笆下面的那条通道跑过去，冲进里面。

当我安全地从另一边出来时，我叫喊着："快过来，妈妈，我会帮你钻出来的！"沉默。"妈妈？快点儿！"我听到从洞口里面传来了沉闷的声音。"妈妈？"我把脑袋探进通道里，却看到入口被一块木板堵死了。"妈妈？嗨，妈妈，你必须跳过篱笆，有人把通道堵死了！妈妈？"

我屏住呼吸，希望火不会……

终于，她开口了："卓沃尔？"

"妈妈？谢天谢地！你没事吧？"

"我很好。你的腿看起来好点儿了。"

我的眼睛向四周环视着。"嗯，并不是这样。我的意思是，刚才那一分钟它好点儿了，不过现在，疼痛又回来了。也许我最好躺下来。"

"不要躺在我的院子里。"

"什么？"

"我说，你能在圣诞节的时候回来吃晚餐吗？"

"圣诞晚餐？妈妈，圣诞节离现在还有六个月。妈妈？喂？"

当你的亲妈把你关在院子外面的时候，你能说什么？这是我曾经听到过的最悲伤的故事。时值今日，这还会让我眼含泪水。

第五章

我永远不
会成为乔

今天早晨，我在油罐下面自己的粗麻袋床上醒来，思考着"狗狗飞行纪念碑"的事情。我很高兴自己醒过来了，否则我就会继续睡下去。

我喜欢睡眠，我热爱睡眠。我宁肯睡觉也不喜欢干其他的事情，不过，我不想一直睡下去，没日没夜，我认为过一段时间后我就会厌倦它。

如果你厌倦了奔跑，可以躺下来睡觉；不过，如果你厌倦了躺下来睡觉，要怎么办呢？我担心的就是这样的事情。

我担心很多事。如果太阳在清晨不升起来，会发生什么事情？如果它在晚上升起来怎么办？我们怎么知道是夜晚还是白昼？

这会让所有的事情都乱成一团。在牧场上，萨莉·梅在早餐之后拿出来早餐的剩饭，这是在早晨。如果太阳在晚上升起来，早餐还会是早餐吗？或者说我们要用别的名字称呼它？我们称呼它什么呢？

我为它想了一个好名字：乔。这个名字很好写，我一直都很喜欢这个名字。当我还是一条小狗的时候，我想叫乔，但是我不能，因为我叫卓沃尔，而且已经有叫乔的狗了。我从来没有遇到过他，不过，在这个世界上为什么不能有两个乔呢？

当我还小的时候，我问过我妈妈，不过她没有给我一个满意的回答。她只是说："卓沃尔，我为你感到担忧。"哦，如果她为我感到担忧，她为什么要把我关在庭院的外面，并让我去找一份工作呢？

我怎么知道如何工作？我只是一个可怜的容易受到惊吓的孩子，有着一条秃尾巴的小狗，一直梦想着成为乔，却永远也成不了乔。

我以前从来没有注意到，不过，如果你把乔（JOE）这个字去掉E，填上B，它就变成了JOB（工作），这看起来相当有意义。B=BEE（蜜蜂），在我们后面的院子里就有许多蜜蜂。如果一只蜜蜂（BEE）蜇了乔（JOE），E就会掉下来，你就得到了一个J-O-BEE，明白吗？J-O-B。

难怪我一直害怕找一份工作，这解释了一切，因为我一直害怕被蜜蜂蜇到。

我必须承认，当妈妈把我关在庭院外面时，我已经不是一个孩子了，我差不多已经长大了。我所有的哥哥姐姐们（甚至威利，那只贪婪的猪）都搬了出去，找到了新家。所以，也许我太大了，不应该再赖在家中了，不过，虽然你长大了，但这并不意味着你在生活当中的某些方面就不再是孩子了。

每个人都必须成为什么，否则，我们要怎么办？

当妈妈把我关在院子外面时，我真的很伤心。我在那里，一个有着秃尾巴的小矮子，一条一直梦想着叫乔却叫不成的小狗，这些就足以让任何一个人伤心了。但除了这两项之外，我还有一个严重的疾病——断腿活动型综合症。

她把我关在庭院外面，只问了我一句是否能在圣诞节回来吃晚餐！

圣诞节晚餐！到圣诞节时，我就只剩下皮包骨头了。我会看起来像圣诞节晚餐之后的火鸡一样。谁会给一个有着秃尾巴的火鸡骨架提供一份工作呢？

真正的火鸡尾巴不秃，他们的尾巴上面有羽毛。当他们展开羽毛时，他们很美丽。不过，如果你是一条狗，你就永远也成为不了火鸡。不论你向星

星许多少次愿，你永远都是一条狗，最后你凋零到只剩下皮和骨头。而到了那时，你仍然是一条狗，只是你看起来会像圣诞节大餐之后的火鸡骨架。

总之，今天早晨我醒了过来，思索着狗狗飞行纪念碑的事情。你们知道吗？突然之间，它看起来不怎么像一座纪念碑了，只像地面上的一个坑。我知道，皮特说它是一个倒退纪念碑，是对我努力进行英雄般的飞行尝试的礼赞。我历尽千辛万苦才打造了它，不过，它仍然……

那个洞仍然在那里，不知为何，它看起来很可笑。它只是地面上的一个洞而已，而纪念碑应该让人感到骄傲才对。不过每一次，当我注视着那个洞的时候，它让我想起了所有那些我扇动着耳朵，从小货车的车厢里跳出来，鼻子朝下落在地面上的场景。

这并不让我感到骄傲，它让我感到奇怪……当我第一次失败之后，我怎么会重新爬上小货车，又尝试了第二次？在我回答这个问题之前，我发现自己正在思考着："天啊，我怎么能做第三次？"从那开始，情况变得越来越糟糕，我摔了二十五次，这就是这个坑那么深的原因。

有些什么事情不对劲儿。

第六章

与妈妈发生
的不快场面

我们讲到了第六章，我有点儿希望这是第七章，这样我就可以叫它"拐杖章"。看，"7"的样子让我想到了拐杖。

想当年我和妈妈住在那个院子里，我的腿给我带来了那么多的痛苦，如果我能弄到一根拐杖，我很有可能就会使用它了。不过，我没有拐杖，这也不是第七章，所以，我不能叫它"拐杖章"。

在牧场里，昨天晚上我们经历了狂暴的天气——暴风雨、雷鸣、闪电、爆裂声、轰隆声，绿色的小查理怪兽扑天盖地，想要侵入牧场，汉克出去向查理们吠叫起来。

我想跟在他的后面出去。我真的想这么做，不过，运气糟透了，当汉克叫喊着进攻时，我的老腿背叛了我。我像一块岩石一样倒了下来，后背着地，痛苦不堪。汉克对此并没有表现出多少同情，我不责怪他，这种事情每次都发生。

几乎每次都发生。

的确每次都发生。

汉克认为我需要治疗，精神治疗，他是这么说的。我不知道他的话是什么意思，不过我并不热衷于接受手术。医院里的一切都是白色的，我不喜欢白色，它看起来像没有颜色。我认为它没有颜色，这就是它是白色的原因。

也许我应该去做一次按摩治疗。他们给狗做按摩治疗，我听说经过一两次治疗之后，你的脊柱就会拉直，并且会变得更长。我不相信这会对我的腿有什么帮助，不过，它或许会拉长我的尾巴，我仍然对我的秃尾巴耿耿于怀。

总是有问题——我的腿，我的尾巴，我还有过敏症。它们总是出状况。明白我的意思吗？我所需要做的，是仔细思考一下。

总之，当我妈妈把我关在院子外面以后，我不得不做出一些激烈的举动——要么鼓起勇气，去寻找一份工作；要么坐在那里，余生一直对此抱怨不停，为我自己感到难过。这并没有给我留下多少选择的余地，是不是？是的。我没有花太长的时间就采取了行动。

就在此时，就在此地，我下定决心抱怨到底，呻吟、号叫，直到妈妈让我回到院子里。天啊，这一招够狠的。我的意思是，整整一白天，还有大半个夜晚，一小时又一小时悲哀地呻吟与号叫，你们肯定从来都没有听过。妈妈不为所动，这让我感到惊讶，我认为她耳聋了，或者到别处去了，不过最终，大约凌晨三点钟的时候，她隔着篱笆上的一条缝隙开口了。

"卓沃尔？"

"嗨，妈妈，你怎么样？"

"儿子，这里有两个字，我原本并不打算对你使用的。"

"见鬼。是让我猜一猜吗？"

"不。你听好。这两个字是'闭'和'嘴'。"

"'闭和嘴'？"

"说快点儿。"

"闭和嘴？"

"卓沃尔，把'和'拿掉，说快点儿。"

"哦，好的。闭嘴！糟糕。妈妈，我无法相信自己说出了这样的话。只是脱口而出，说真的。"

"不用道歉。这是我想对你说的。"

"对我？你想让我闭嘴？"

"是的。你终于成功了。你终于逼我使用粗鲁的语言了，让我听起来像一个女巫。你高兴了吗？"

"我不高兴。你呢？"

"你在外面呻吟呜咽着，像一头迷路的小牛，谁能高兴得起来？"

"哦，太好了，你注意到了。"

"我当然注意到了！每一个住在附近的人都注意到了。这就是在过去的六个小时里，他们一直在向你大喊大叫的原因。"

"天啊，有人一直在向我大喊大叫？"

"只不过是所有的邻居。"

"没骗我吗？嗨，我有一个主意。让我回到院子里，我们好好谈一谈。"

"不！去找一份工作，我们可以谈一谈……到圣诞节的时候。"

"妈妈，我不能。没有人想雇用一个整夜呻吟的小矮子。"

"那么就别再呻吟了！"

"嗯……坦率地说，这很有趣儿。我没有更好的事情可做。"

"你认为这很有趣儿？听着，小鬼，再继续叫下去的话，就会有人叫来捕狗人。"

"捕狗人？谁会做这样的事情？"

"十五个睡不着觉的人类。"

"哦，肯定不会的。那样做太坏了。"

"我想你可以试一下，自己找出答案。"

"也许我会的。这比找工作要好。嘿嘿。"

"有些狗永远也学不乖。好了，晚安，祝你好运。"

"晚安，妈妈。如果你改变了主意，我会一直在这里。"

　　我无法相信她变得如此不可理喻，并且顽固不化。我所想要的不过是回到家里度过余生。这个要求过分吗？

拐杖章

绝妙不过

　　嗯，我们终于讲到第七章了，你们看到我给它起了什么标题了吗？"拐杖章"。嘿嘿。这很有趣儿。

　　还有一件事情你们知道吗？当我们讲到第八章时，我会叫它"铁轨章"，我确信你们猜不出来这是为什么。继续猜吧。猜上一千年，你们也想不出答案。

　　放弃了吗？

　　在牧场上，小阿尔弗雷德有一套火车模型，还有牢牢粘在一张胶合板上的铁轨，轨道是按数字"8"的形状设计的。"8"让我想到了他的铁轨，这是不是很巧妙？

　　时不时地，我喜欢做些疯狂而叛逆的事情，有时候这让我感到害怕。两天以前，当汉克说"早上好"时，我向他吐了舌头。没有什么理由。只是有一种疯狂的冲动让我这么做，于是我就这么做了。

　　他大吃一惊，我也一样，然后他让我到角落里站十分钟。但是这样做很值得，过两天我打算再这样做一次。

　　我还没有说到我是怎么在鲁普尔与萨莉·梅的牧场上找到一个家的，不过，我正朝着这个方向努力。

　　总之，阿尔弗雷德的火车铁轨太大了，无法一直放在房子里，于是他们把它放在器械棚中。我熟悉器械棚的每一个角落和里面的每一件东西，当生活变得难以忍受时，我便会跑到那里去，而这种情况经常发生。

有时候，这种情况是由一些重大事件引起的：雷电交加的暴风雨；牛仔们在焚烧垃圾时，从垃圾筒中喷射出的烟雾；汉克与萨莉·梅发生矛盾，并被她拿着扫帚追打。

在这里汉克经常与萨莉·梅产生分歧。她是一位好心的女士，我与她相处得很好，不过，她和汉克……哇，他们总是会摩擦出火星。如果你问我，其实与萨莉·梅相处并没有那么困难。她有她的规矩，你所需要做的只是遵守规矩。

1. 待在庭院外面，不要碰她的花。

2. 不要舔她的脚踝。她讨厌这样。

3. 如果你恶心、呕吐，当她在场的时候，就不要再吃那些吐出来的东西。这真的会让她厌恶。

4. 不要尿湿她的汽车轮胎。牛仔们不在乎我们在他们的小货车轮胎上做记号，他们甚至都不会注意到。但是萨莉·梅会注意到，这总是让她很抓狂。

5. 不要与她的猫打架。汉克认为皮特有些卑鄙，大多数情况下，他是正确的。不过，正确与胜利在这个地方是两码事。

汉克不遵守萨莉·梅的规矩，他每次都会惹上麻烦——不是偶尔，而是每次。他似乎永远也学不乖，不过我也存在这方面的问题，所以，我又能说谁呢？这与作为一条狗有关系吗？我一直很奇怪这一点。

总之，我躲在器械棚里，逃离爆炸、争执、噪音与其他一些可怕的事情。不过，有时候，我到这里来是因为其他原因，例如，感到内疚。

　　我花了大量的时间内疚，而这真的拖垮了我。我开始考虑所有我能够做、应该做……并且愿意做的事情，如果那不是很麻烦，好家伙，内疚感又开始堆积起来了。

　　让我烦恼的是，我没有表现出应有的勇敢。这是一个现实的问题，尤其是当人们期待你守卫牧场时。我非常担心这一点，不知道有多少次，我下定决心要鼓起我的勇气工作了。

　　问题是，从事某种工作就是……嗯，我累了、泄气了，这条老腿开始抽筋，不知不觉中，我已经被内疚感吞噬了。

　　不过，待在器械棚里总是给我带来希望和帮助。在里面待上 两个小时，通常内疚感就会减轻。有时候，需要花更长一些时间，不过，被普通的内疚感袭击的话，两个小时足以让我振作起来。然后，我会回去做我一直梦想做的事情：什么也不做。

　　也许我最好快点儿回到故事里来。我们马上就会讲到非常有趣儿的一章，我几乎迫不及待了。

铁轨章

激动人心
的一章

妈妈说得对。我们的一个邻居叫来了捕狗人。天啊，这真令人震惊。接下来就是事情的经过。

我在庭院外面的小巷上呻吟着、哀号着，就在这时，突然之间一辆小货车停在了我的身边。对此我没有多想。一个男人从车上跳下来，向我走过来，手中拿着一只木柄的网。

我以为他正在捉蝴蝶。有些人喜欢捉蝴蝶。为什么不呢？蝴蝶长得很漂亮，我自己就很喜欢看蝴蝶飞舞的样子。

我停止呻吟，给了他一个友好的笑容，似乎在说："噢，嗨，在找蝴蝶吗？我昨天看到了一只黄色带黑斑的。"

当他走得越来越近时，我注意到他看起来十分严肃。如果一个家伙出来捉蝴蝶，他应该玩得很开心才对。他玩得并不开心，而且此刻是午夜，但我并没有把这些联系起来。

他把网举过头，挥舞着。我似乎正挡在他的路上，于是我跳到一边去，并且又给了他一个友好的微笑，像是在说："嗨，你差点儿抓到我，而不是蝴蝶。"

他再次举起网，挥舞着，我又手忙脚乱地让开了。这似乎让他发了疯，他叫喊着："待在那里不要动，可以吗！"

待在那里不要动？他是在同蝴蝶说话，还是同我说话？我向四周环视了一下，没有看到任何蝴蝶。就在这时，我听到妈妈的声音透过篱笆传过来："卓沃尔？外面是什么声音？"

　　"哦，嗨，妈妈，有一个人在这里捉蝴蝶，我正要帮他忙。"

　　呼！我急忙从网前跳开。

　　妈妈说："是什么让你认为他正在捉蝴蝶？"

　　"嗯，他有一只网，他还能拿它干什么？"

　　呼！

　　"笨蛋！我警告过你。那是捕狗人，他正想抓住你！"

　　"我？"呼！"嗨，妈妈，如果他抓住我怎么办？接下来会发生什么事情？"

　　"他会送你去狗的魔鬼岛。"

　　"魔鬼岛？这听起来可不太妙。"

　　"这就是我让你停止制造那些噪音的原因，不过，你曾经听过妈妈的话吗？没有。现在，看看你！"

　　呼！

　　"嗨，妈妈，我认为他是认真的。我应该怎么办？"

　　她提高嗓门尖叫道："你认为你应该怎么办？跑啊！"

　　"是的，不过这条腿……"

　　"别说废话了，快跑！"

　　你们知道，这真是奇迹。突然之间，折磨我那么多天、那么多星期的疼痛消失了。我沿着小巷奔跑着，就像一道银色的闪电。在内心深处，我觉得在那条腿再次罢工之前，我还能再跑上个，哦，五十码左右。

不过，哎呀，五十码之后，那个捕狗人并没有停下来。他仍然尾随着我，挥舞着网，叫嚷着抓到我之后要做的可怕事情。不知为何，这鼓舞了我，让我继续奔跑下去。幸运的是，那条老腿一直在支持我。

我一直认为他会疲倦，会停下来，不过他一直在身后追我——沿着小巷，跑上街道，又跑到另一条小巷。很快，我迷路了——迷路，心惊胆战，再加上筋疲力尽。我一步也走不动了。我认为事情到此为止了，我死定了。

就在这时，我听到了一个神秘的声音，它不知从哪里传来，说："卓沃尔，是你吗？"

我向四周环视着，没有看到任何一个……嗯，我看到了捕狗人正沿着小巷走过来，他看起来像我一样疲惫不堪——头发贴在脸上，大口地喘着粗气，拖着网子，样子看起来很生气，他继续向我走过来。不过，我所听到的那个声音不是他的。

你们知道，在大多数故事当中，当主人公陷入困境、前途一片黑暗时，他总会遇到一个不知从什么地方钻出来的陌生人，解救他脱离危险。你们注意到"陌生人（stranger）"这个词与"危险（danger）"押韵了吗？的确如此。有时候这是一个非常重要的迹象。

于是我说："喂，说话的人？你一定是一个陌生人。听着，我妈妈把我关在了院子外面，这里有一个愤怒的捕狗人正在追捕我，我真的需要你来搭救我。"

"卓沃尔，是你吗？"

"是的，不过我简直不能相信你居然知道我的名字，这真是一个奇迹！"

"这不是奇迹。"

"是的，不过你甚至都没有看见我，就知道我的名字。"

"我是你妈妈。"

我仔细打量着庭院的篱笆，发现自己兜了一个大圈子又回来了。"妈妈？真的是你？我们能谈一谈吗？"

"我们已经谈过了！我们已经谈过多少次了？"

"嗯，这一次很重要，你想让你的儿子成为一名囚犯吗？那个捕狗人在追我。"

她发出了一声叹息："好吧，仅此一次。"

她移开了木板。我冲进通道，从庭院的那一头钻了出来，然后屏住呼吸，希望那个捕狗人不会看到我。他的脚步声经过这里，消失在小巷深处。

我如释重负，几乎晕倒。"谢谢，妈妈。天啊，回到家里真是太好了。"

"只此一晚，不能多待。"

"谢谢，妈妈，你不会后悔的。"

"我已经后悔了。上床去，睡觉。明天你得离开。"

"晚安，妈妈。"

"我简直不敢相信。"

第二天早上，她来叫醒我时，没有找到我。嘿嘿。这是一个很大的院子，我藏在一个灌木丛后面。她以为我从床上爬起来后，离开家去找工作了，她感到非常骄傲。我没有勇气在她面前现身。

跟你们说实话，这是相当拙劣的伎俩，随着时间的流逝，情况变得越来越糟糕。我白天躲躲藏藏，晚上出来找吃的东西。她开始注意到空空的狗食碗了。"我全都吃掉了吗？那我就会长得像房子一样高大了。"

　　然后，她开始怀疑起来，认为是附近的猫偷吃了她的食物。这和我有点儿关系。当我吃完食物之后，我会像猫一样喵喵叫几声，这果然起作用了。嘿嘿。

　　不过她在灌木丛中抓到了我。天啊，她大发雷霆。"你又回来了！"

　　"嗨，妈妈。大吃一惊吧。"

　　"你不是一只猫。"

　　"谢谢，你也不是。"

　　"嘘。我以为你几天以前就离开了。"

　　"嗯，我差点儿离开，不过我遇到了一些麻烦。"

　　"我会让你看看什么叫麻烦。"她把鼻子戳到了我的脸上，"出去。立刻。去找一份工作。"

　　"这么突然？"

　　"这一点儿也不突然。几个月前就应该这么做了。走！"

　　带着沉重的心情，我向篱笆下面的通道走去。我所有的伎俩都使光了，这一次，我似乎真的要被踢出去了。不过，趁着她的目光离开我的一两秒钟的时间，我躲到了一辆手推车的后面，她看不到我了。嘿嘿。这够狡猾的吧。

　　我在手推车后面躲了两天。我有大量的时间来考虑将来的事情、找工作的事情和其他所有的事情，我甚至还为此写了一首歌。我没有开玩笑。我认为这首歌相当不错。你们想听一听吗？

我没有野心

我没有野心，

也无事可做，

我宁可去钓鱼，

也不想找工作。

妈妈是一个小气鬼，

此刻她又发了火。

她认为如果我没有工作，

就会成为一名囚徒。

我认为我会放弃，

我真的不想长大，

我不想抛头露脸，

为工作而去面试。

我的生活会很简单，

悠闲并且快乐。

我永远都无法取悦她，

你说我应该怎么做？

她认为我是一个懒鬼，

我知道这让我无话可说。

我吮吸着自己的大拇指，

试着东藏西躲。

我宁可待在家中，

宁可像岩石一样坐着，

或者咀嚼一根骨头，

或者睡在阴暗的角落。

没有人会雇用我，

我确信他们会把我辞退。

我的努力让我疲倦，

并让我的腿疾发作。

没有理由希望

原子核发生裂变。

我没有野心，

所以请放过我。

第九章

蝙蝠

_____

_____

_____

　　这是我曾经写过的最好的一首歌。真的深入到了我的内心与灵魂深处，不过，我也许不应该这么大声地唱出来。妈妈听到我唱歌，找到了我藏身的地方，她真的暴跳如雷了。她尖叫的声音太响了，这让她开始咳嗽起来，再也尖叫不出来，就连话也说不出来了。于是她离开了庭院，走到了前门廊上，整个后院都归我所有了。

　　几个星期以来，天气一直炎热干燥。一天下午，气温攀升到了十万度，也许只有一百度，不过，它给人的感觉就好像是十万度。蝉在树丛中鸣叫，热浪在地平线上跳着舞，没有一丝风。

　　那大约是八月的中旬，城里的每一条狗都蜷缩进树丛的阴凉处。在可怕的热气中，没有活动的东西。我趴在一些牵牛花藤蔓的下面，由于高温而喘着气，聆听着从自己的舌头上滴落的水声。

　　我渴得要命，我能看到院子的另一侧有一个小小的金鱼池，不过我无法打起精神让自己站起来，穿过院子走过去喝一点儿水。这看起来困难重重，在这样炎热的天气里，走一步路都很艰难。

　　就在这时，一只鸟突然从树上掉下来，掉在了院子里。这看起来很奇怪。鸟儿们并不经常从树上掉下来，于是我目不转睛地注视着。这是一只样子滑稽的鸟，他有翅膀但没有羽毛。我以前从来没有见过光溜溜的鸟。

他从地上爬起来，晃了晃脑袋，眨了眨眼睛。他看见了那个小池塘，于是向池塘走过去，翅膀拖在地上。

　　大多数的狗见此情景都会吠叫，大多数的狗不允许鸟儿们待在他们的院子里。我呢？我一动都没有动。天太热了，我不在乎。

　　他摇摇晃晃地走到池塘前，举起一只翅膀遮在脑袋上，用尖细的小嗓门叫喊着："哦，是的！科罗拉多河！"然后他踉跄了一下，脸朝下一头栽倒在池塘里。

　　我等着他游上来或者爬出池塘，不过，他所做的却是挣扎与尖叫，我在心里思量着："这可能不太妙。鸟儿们需要空气，就像我们其他人一样，如果他再不做点儿什么，他就会淹死了。"

　　我甚至兴起一个念头去帮助他，不过，嗯，这是他的生命。如果他想要在池塘里淹死自己，这是他的事。我们在特威切尔市有上百万只鸟，失去其中的一只算不上什么悲剧。

　　不过，我不能坐视不管，我必须做些什么。我挣扎着站了起来，走进刺眼的阳光下面。终于，我来到了池塘边，这几乎让我筋疲力尽。我把一只爪子伸进水里，将他捞了出来，把他放在了地上。

　　他躺在那里，喘着气、吐着水、扑打着翅膀。这是某种丑陋的鸟，正如我所说的，没有羽毛……还有，天啊，他有一双巨大的耳朵和一只哈巴狗一样的鼻子……他不是鸟。

　　他是一只蝙蝠！

　　我没有逗留，我对蝙蝠无话可说。我不喜欢蝙蝠。我害怕蝙蝠。他们吸血。

　　我跑向一丛灌木，在里面躲了起来。等待了十五分钟以后，当我认为他

已经离开时，我从肩膀上回头张望，却几乎晕倒。

他跟着我来到了那个灌木丛前，此刻正站在那里，向里面窥探着！

我向灌木丛的深处挪过去。就在这时，我听到了他的声音："你在那里吗？喂？出来吧，我们需要谈一谈。"

"你不可能看到我。我躲起来了。"

"你是躲起来了，但是我能看到你。"

"蝙蝠们看不清楚。我曾经听说过你们这些家伙的事——蝙蝠、女巫、黑猫、吸血鬼，还有'瞎得像一只蝙蝠'，走开。"

"我们实际上并不瞎，只是有点儿近视。"

"所以，因为近视你径直走进一个池塘里，差点儿把自己淹死。"

"看，乔治，这是一个意外，我渴得要死。"

"是的，你也差点儿淹死，此外，我的名字不是乔治。"

"我们能讨论一下这件事吗？"

"不，我不与蝙蝠打交道。我的名声已经够糟糕的了。"

他发出了一阵尖细的大笑声："你的名声已经够'蝙蝠'①的了。嘻嘻，我喜欢你这么说。"

"嗯，我不喜欢，这没有什么好笑的。"

"抱歉，你太敏感了。"

"谁会不敏感？每个人都认为我是一个胆小的小矮子，如果他们看到我跟你说话，他们就会说我像蝙蝠一样古怪。"

"你是一个胆小的小矮子？"

"是的，我讨厌这样。"

---

① 糟糕（bad）与蝙蝠（bat）的发音相近。

"唔，真糟糕，也许我能帮助你。"

"我不需要来自一只蝙蝠的帮助。走开吧。"

他没再多说些什么，我认为他已经领会了我的意思，离开了。等待了半个小时之后，我从灌木丛中爬出来……发现他正倒悬在一根树枝上。我惊讶得说不出话来。

他眨了眨眼睛，咧嘴笑起来。"我认为你迟早都会从灌木丛里走出来的，准备好进行交谈了吗？"我又钻回到灌木丛里，试图躲藏起来，他跟在我身后。"乔治，我们必须谈谈，不管你愿不愿意。"

"走开。"

"看，你救了我的命。"

"我很抱歉，这是一个意外。"

"现在，我在道义上有责任服侍你。你认为这怎么样，呃？"

我把脑袋扭过来，注视着这个丑陋的小怪胎。"服侍我？这是什么意思？"

他用一只翅膀支撑着身体，让他的目光四处游移。"嗯，这是一个古老的蝙蝠传统。你救了我的命，所以我在道义上要回报这份恩情，我别无选择。"

"我不需要回报，即使我需要，我也不想从一只蝙蝠那儿得到回报。"

他耸了耸肩。"我们一直都听到这种话。蝙蝠怎么了？我弄不明白。"

"与蝙蝠扯上关系就没有好事，你们太古怪了。"

"他们就是这么说的，不过你知道，我不觉得自己古怪。我觉得自己是正常、健康的美国蝙蝠。"

"你很古怪。"

"嗯，这没有关系。我必须为你做一件好事，不管你喜欢与否。我是鲍里斯·O·蝙蝠，你忠诚的仆人。"

我向他走过去，伸出一只爪子和他握手。"我是卓沃尔，很高兴见到你……我想。"他伸出了他的翅膀，但没有握到我的爪子。正如他所说的那样，他不能看得很清楚。

"好吧，卓沃尔，我能为你做些什么？任何事都行，只要说出来。"

嗯，你能对一只蝙蝠说什么呢？我告诉了他整个悲惨故事的经过——我冷酷无情的妈妈想要把我赶出院子，强迫我找一份正当的工作。当我说完以后，他耸了耸他的小肩膀。"你妈妈是对的。你需要离开家，找一份工作。"

"是的，不过我没有什么野心。"

"你没有计划、希望与梦想吗？"

"嗯……也许有一个，不过我讨厌提起它。我一直认为成为一个英俊的王子会很有趣儿。"

他露出了微笑，把两只翅膀交叠在一起。"噢，这太完美了！这根本不用花很长时间。看，在第五大街与国会大道的拐角处就有一所英俊王子学校，我可以带你到那里去。"

"天啊，你没骗我吗？"

他扑打了一下翅膀，跳到了我的后背上。"永远向前，绝不回头！让我们出发去英俊王子学校！"

于是，鲍里斯骑在我的背上，我从篱笆下面的那个洞口钻了出去，开始了我们的旅程。妈妈如果听到她的儿子与一只蝙蝠鬼混在一起，是不会感到骄傲的。不过，至少，她夺回了她的院子。

第十章

英俊王子
学校

当我们离开院子来到小路上以后，我向鲍里斯询问英俊王子学校的方位。

他考虑了一会儿。"让我想一下：左、右、上、下、人行道、向后，让我们……向西走。"

"向西走会让我们回到院子里。"

"哦，是的，抱歉。"

"向右走？"

"不，我说'哦，是的①'。向北走。"

"北是左边。"

"是的，向北走，前进！"

这有点儿混乱，不过我认为他知道自己在干什么，于是我们动身，沿着小巷向北走，朝城镇的中心进发。出发时我一溜小跑，我的意思是，这是很令人激动的。不过，过了一会，炎热的天气开始困扰我，我放慢了脚步，转为步行，最后，我停下来休息。

"鲍里斯？"没有回答，"你还在吗，鲍里斯？"

我听到了喷鼻息的声音，"谁在叫我？我在哪里？"

---

① "右"与"是的"在英文中都是right。

"你睡着了吗？"

"别犯傻了，睡着了？嗯，也许吧。好吧，我睡着了，蝙蝠在白天睡觉。"他打了一个哈欠，"我们在干什么？"

"你正要带我去英俊王子学校。"

"当然，我知道，英俊王子学校。下一个路口向右转，穿过两个街区，然后向左转，这会把我们直接带到那里。当我们抵达那里的时候叫醒我。"

蝙蝠们在睡梦中喷鼻息，我以前不知道，不过他们的确这样做……或者鲍里斯是这样做的。他制造出了大量滑稽的声音，有几分像一只微型猪。我沿着他指出的方向前进，而他则睡了一路。当我发现自己站在"迪克西狗兔下车咖啡屋"前时，我开始疑惑起来。

"鲍里斯，快醒醒，我们到了。"他没有回答，于是我摇晃了一下身体，让他跌落到地面上。

他坐了起来，生气地瞪了我一眼。"你是什么骆驼，居然把你的乘客摔了下来！"

"我不是骆驼，这里也不是什么英俊王子学校。"

"谁说的？"

"我说的。读读上面的招牌。"

他眯起了眼睛。"谁做的这些招牌？看起来像一棵树。"

"那就是一棵树，你看错方向了。"

他转向左侧，眯起眼睛打量着一盏街灯。"我没看到有字，招牌上面写了什么？"

"你是怎么回事，看不见？"

"我告诉过你，我的视力不怎么好。我有眼镜，但是我从未戴过，眼镜

让我看起来像一个怪胎。"

"嗯，既然是你在指路，也许你最好把眼镜戴上。"

他皱起了眉头。"你要答应不笑话我。"

"谁会笑话你？我认为我们迷路了。"

"哦，胡说，我们不会迷路。"鲍里斯从他的左翅下面拿出来一副黑边眼镜。当他把眼镜架在鼻梁上时，我大笑起来。眼镜让他的眼睛看起来像棒球一样大。他说："我的天啊，这里不是英俊王子学校。"

"我跟你说过了。"

"这里是国会大道吗？"

"这里是主街。"

他把棒球一样的眼珠儿向四处转动着。"这里是奥斯汀，对吧？"

我简直无法相信我的耳朵。"你不仅半瞎，而且还是一个大骗子。我要回家了，我希望再也不要见到你了。"

我拔腿就走。他摘下了眼镜，跟在我身后，用他的两只翅膀撑地跳跃着。"等一下，让我们谈谈，这是一个小错误，你会因为朋友所犯的一个小错误就不再理睬他了吗？我讨厌戴眼镜。"

"我不感兴趣。"

"等一下，给我指一下国会大道桥，从那里我就能找到那所学校了，不骗你。"

"这里没有任何桥，因为这里没有任何河流。"

"没有河流？这不对，奥斯汀有一条穿过城镇中心的河流，它一定位于这里的某个地方。"

我停下了脚步。"它不位于这里的某个地方，因为这里是特威切尔，不是奥斯汀。"

他的下巴掉了下来。"特威切尔！我从来没听说过特威切尔。"

"你眼睛看不清。把眼镜戴上，好好看一眼。"

他猛地向后退了一步。"我最后一次戴它时，你嘲笑了我，并说我看起来像一个怪胎。"

"我没有这么说，是你自己说的。"

"嗯，但是你笑了。"

"我现在没有笑，因为这一点儿都不好笑。"

他从左侧的翅膀下面拿出他的眼镜。当他把眼镜架到鼻梁上时，我不得不咬住舌头，以免自己失声笑起来。我的意思是，这个家伙看起来太可笑了。

他注视着我们面前的宽阔而空旷的主街，摇了摇脑袋，发出了一声叹息："天啊！这里不是奥斯汀，这里甚至不靠近奥斯汀，这里是空城！我怎么到这里来了？"

"嗯，我可以猜一猜，你太骄傲了，不愿意戴你的眼镜，于是你拐错了弯，错过奥斯汀五百英里了。"

"五百英里！你是说真的吗？"

"你正在得克萨斯州的潘汉德尔地区。"

他的脑袋一下子垂到了胸前。"潘汉德尔地区！天啊，这里下雪，是不是？这里没有蝙蝠可待的地方。我住在奥斯汀的那座桥下，我必须回家……"他把目光转向我，"……不过，在我处理完与你的事情之前，我回不了家。我们遇到了麻烦。"

"是的，你不知道迪克西狗与英俊王子学校之间的差别。"

"嗨，饶了我吧，好吗？我来的这个城镇不对，就这样。"

"是的，这就够了。"我把鼻子戳到他的脸上，"你是一只丑陋的小蝙蝠。你戴眼镜的样子看起来很可笑。我不想要你的任何回报，我要回家了，再见。"

我走开了，留下他独自一个站在路边。他叫喊着："嗨，等一下，回到这里来！我在道义上欠你的情，在我回报这份恩情之前，我不能回家！"

我没有理睬他，继续向前走。我迫不及待地要告诉妈妈这只愚蠢蝙蝠的事情。

第十一章

找工作

一个令人吃惊的事情正在院子里等着我。妈妈不想听关于鲍里斯的事情或其他任何事情。她不让我回到院子里，她让我去找一份工作。她的心已经变成了坚硬的冰块，而我的心则已经碎了。

嗯，没有办法了。

我花了一整天的时间去找工作，筋疲力尽，疲惫不堪，垂头丧气！我每到一个地方，他们都嘲笑我，说他们不需要一个有着秃尾巴的小杂种狗。

好吧，我来到了一个地方，特威切尔市的家畜拍卖所，负责管理牛群的一条狗对我进行了工作面试。他是一条澳大利亚牧牛犬，名叫"茶匙"，不过他把自己的名字简化为"匙"。我无法想象他是如何得到这个名字的，他也没有说。下面就是我俩的对话。

匙："很高兴你能顺便来访，卓沃尔。我正在寻找几条好狗。"

卓沃尔："你可能不想要我。我有一条秃尾巴。"

匙："不，这很好。大多数牛仔犬都有一条剪尾。"

卓沃尔："是的，不过我的看起来很可笑。"

匙："孩子，我们雇用的是狗，不是尾巴。那么，你想要一份工作，呃？"

卓沃尔："我妈妈想要。"

匙："你妈妈想要一份工作？"

卓沃尔："是的。想为我找一份工作。"

匙："嗯，这是成长中必然的一件事。哈。你已经太大了，不适合继续留在房子周围了。"

卓沃尔："事实上，我仍然是一个孩子，只是相对于我的年龄来说，个头有些大。"

匙："你看起来个头不算大。"

卓沃尔："这正是我想说的话，我是一个小矮子。"

匙："我爸爸常说，如果你的四条腿能够触到地面，你就已经足够大，可以去找工作了。"

卓沃尔："工作？糟糕。"

匙："有什么不对劲儿吗？"

卓沃尔："哦，没什么，我的一条腿有毛病。"

匙："哪一条？"

卓沃尔："这不固定。"

匙："我没注意到你腿瘸啊。"

卓沃尔："有时候它没问题，但是它会在非常糟糕的时候罢工。"

匙："这没有关系。三条腿就足以胜任这项工作了，这不是奥林匹克运动会。你曾经在家畜周围工作过吗？"

卓沃尔："什么家畜？"

匙："牛。"

卓沃尔："哦，没有，我害怕牛。"

匙："我们可以对你进行工作培训。"

卓沃尔："我不是很聪明。"

匙："很好。长远来看，这会有帮助的。"

卓沃尔："我没有什么野心，一点儿也没有。"

匙："太完美了。你正是我们一直在寻找的狗。"

卓沃尔："啊噢，这条老腿越来越糟糕了。"

匙："你被雇用了，你现在就可以开始工作。"

卓沃尔："我不能走路！"

匙："我会给你提供一根手杖。"

卓沃尔："我对木头过敏。"

匙："它是玻璃纤维做的。"

卓沃尔："救命，谋杀啊！他们想要给我一份工作！"

　　总之，这很令人泄气，包括面试全过程以及所有拒绝的话。没有人想要雇用一条像我这样的杂种狗。我应该告诉他们，就连我也不会雇用自己的。

第十二章

妈妈失去了
她的院子

这是我一生中最沮丧的一天。我有一种感觉，妈妈会想听听我经历的所有故事，于是我转头向老家的方向走去。我尽可能表现得很有礼貌，敲了敲大门。

"妈妈？你永远也猜不到谁在这里。妈妈？"我敲啊敲啊，然后开始砰砰地砸门。没有人出来。然后我注意到有一个牌子挂在门上。

警告!

这个院子现已被当作

有毒废料堆积处!

任何狗及其亲属都不得入内!

请趁早逃命!

噢，我的天啊，真是一场灾难！他们把妈妈的院子变成了垃圾堆，我只希望她能活着出来。她当然会活着出来，不过我不敢在附近停留，弄清情况。在致命的气体袭击我之前，我尽全力逃走了。

可怜的老母亲。她一直那么喜欢她的庭院。现在，她不得不在别的某个地方从头开始了。哎呀，也许我能找到那个新地方，帮助她安定下来。她会激动得发抖吗？

我仔细考虑了一下，也许她不会激动得发抖。我最后一次看见她时，她强烈暗示她想要我出去。不过，等一下，她会想听听我找工作第一天所经历的事情，是不是？她当然想听。我仍然还是她的儿子。

在有着两千多人与狗的城镇里，我找到她的几率微乎其微，不过我没有其他更好的事情可做。我沿着小巷来来回回地走着，叫喊着："妈妈？母亲？喂，我是你的儿子，你可怜的迷路的孤苦伶仃的孩子！"

我以前从未对这件事细加考虑，不过，当你在城镇里边走边呼喊着"妈妈"时，城镇里的每一位母亲都小跑着赶过来，所以这被证明并不是一个好主意，于是我放弃了。妈妈在那天晚上想必是睡着了，她永远也不知道她儿子的第一次工作面试就没通过。

可能这个工作也是他最后一个工作了。当你全力以赴地去参加面试时，他们却因为你是一个小矮子、有一条秃尾巴、总是打喷嚏、走路的姿势有时一瘸一拐而拒绝了你，这很令人气馁。这个世界真是一个相当冷酷的地方。

当夜幕降临时，我已经走到了城镇的南边。如果我继续走下去，我就会走进乡村，而那里并不是我想去的地方。我从未去过乡村，不过，我可以想象出我在那里会遇到什么：狮子、老虎、河马、大象、紫色的大猩猩、巨大的蜥蜴，还有十五种夜行怪兽。

谁想要这些？反正我不要。

我开始调头向城镇走，就在这时，我注意到一片空地上有几辆卡车和帐篷。还有明亮的灯光和音乐，很好听的音乐。那看起来像一个幸福的地方。经过一天的心碎与失败之后，我发现自己正朝着那里走去。

真见鬼，那是一个游乐场。我立刻想起妈妈对我们这些孩子们所说的

关于游乐场的事情：远离那些游乐场，因为一条善良的小狗与游乐场格格不入。

妈妈在大多数情况下都是对的。不过你们知道吗？妈妈不在这里，她无法说不行。嘿嘿，如果这里没人说不行，那就意味着可以。

我必须坦白一些事。时不时地我有一种冲动，想要变成一条不守规矩的狗。我的意思是，我花了大半生的时间去当一条"善良的小狗"，而我得到了什么？我被踢出我的院子、流落到街头、没有工作。突然之间，我有一种冲动，想要疯狂一下。

我走进游乐场。天啊，这真是一个令人激动的地方，响亮的音乐声，耀眼的灯光，孩子们从一根细棍上吃着粉色而蓬松的东西，人们向靶子投掷棒球。每个人都在哈哈大笑，玩得很开心。突然之间，我忘了我所有的问题和烦恼。

于是，我在那里，边走边看着这个神奇的好地方。这时，我来到一个帐篷前，在帐篷入口处的上面有一条很大的横幅，上面是一条巨大的蛇，我的意思是巨大无比、二十五英尺长、粗壮得就像一棵大树一样。他的嘴里含着什么东西，不过你无法看清楚那是什么，因为那条蛇把那个东西整个吞了下去，只留下了两条后腿。

我走近那个帐篷，想要看得更仔细一些。这真诡异。哦，那上面还用红色的大字写着"食狗巨蟒"！

就在这时，我听到了一个声音："喂！你，过来！"

我向四周环视了一下，看到了一条狗，他正从帐篷里面探出头来。"你在跟我说话吗？"

"是的，过来。"

他从帐篷里面走出来，我能看出他是那种杜宾犬——高大、精干、毛发光滑、英俊帅气，不过，他笑起来可以看到满口的尖牙，又大又白的尖牙。我不喜欢他的眼睛，它们是绿色的，闪烁着一种狡诈的光芒。

当我走到他的面前时，他似乎正在目测我的身高，然后他点了点头，说："不错！"

"你好。我叫卓沃尔，你叫什么名字？"

"每个人都叫我斯力克。你过得怎么样，孩子？你喜欢游乐场吗？玩得开心吗？这真是一个好地方，呃？"他把头偏向一侧，眯起了眼睛，"嗨，怎么回事？你看起来很悲伤，别告诉我，让我猜一猜。你独自一个人出来，第一天到这个世界上闯荡？"

"嗯……"

"事情进展得并不顺利？这个世界是一个大地方，没有那么友善？我到目前为止猜得怎么样？"

"嗯……"

"我就知道，"他抬起头来看着天空，"让我看一看……糟糕的一天，沮丧而抑郁。没有人想雇用一个小矮子，我说得对吗？"

"嗯……"

他向我走得更近些，在我耳边轻声说："他们只是不理解真正的你是什么样子，沃尔，他们只是不明白。"

"我叫卓沃尔，前面还有一个'卓'字。"

"他们不理解你是一条怀抱着伟大梦想的小狗，总有一天，你会变成……和我说说，你伟大的梦想是什么？"

"哦，我有时候会梦到骨头。"

他的微笑消失了。"别跟我说骨头，我正在跟你谈伟大的梦想，在你内心深处的某个梦想。如果你能许一个愿，你想要变成什么？"

"哦，那个。"

"看到没？我就知道。现在，呃，麻烦你说一下，那个愿望是什么？"他竖起了耳朵，等待着。

"嗯……你可能会认为它很愚蠢。"

"哦，不，不，不！看看这些，孩子。"他伸出一只爪子指了指游乐场，"这是在灯光与音乐中的一个伟大梦想，这就是我们的事业，梦想。"

"哦，你在游乐场里工作？"

"是的。现在，你可以说了吧？"

"嗯……我一直认为当一个英俊王子是一件很有趣儿的事情。"

他咧嘴笑了起来，露出白牙。"一个英俊王子！哦，太棒了，真是个伟大的梦想！"

就在这时，另一条狗从帐篷里面走了出来。这是一条小个子的杂种狗，他的腿很短，长毛遮着脸。他对斯力克说："你还没有弄到一条吗？"

斯力克把他的一只爪子搭在我的肩膀上。"绍特，来，见见沃尔，我的新朋友。"

"是卓沃尔，还有一个'卓'字。"

"他想成为一个英俊王子！"

绍特发出了咯咯的笑声。"哈哈哈！这可闻所未闻，英俊王子！哈哈哈哈！"

斯力克瞪了绍特一眼，用一条后腿将他蹬回到帐篷里。"别理睬绍特，他不怎么聪明。现在，我们说到哪里了？哦，是的，英俊王子。"他扭头向肩膀左右各瞥了一下，然后低声说："你不会相信这个的，孩子，不过这个游乐场开设了专门训练英俊王子的课程。"

"你没骗我吗？不过我认为绍特刚才说'这可闻所未闻'。"

"什么？哦，不，不，不，不，他说的是'我认识一个人'。看，他认识一条通过了英俊王子课程的狗，而我呢，我认识几十条通过这门课程的家伙。"

"天啊，你没骗我吗？"

"我没骗你。"他用爪子遮住嘴，低声说，"整个得克萨斯州的狗都来到这里学习英俊王子课程。这里就是你要找的地方，孩子，相信我。"

"真见鬼。"

他注视着自己的右前爪。"那么，呃，你怎么说？我们能与你签约吗？"

"嗯……"

"嗨，我可以把事情变得简单一些。你甚至不用签约，只要走进帐篷里就行。"他推开了帐篷的垂帘，"我们马上开始你的训练课。"他龇牙露出一个灿烂的笑容。

"嗯，我有一个问题。"

他的眼神飘忽不定。"很好，我们喜欢问题。"

"什么是巨蟒？"

第十三章

去上大学

斯力克——我在游乐场上遇到的狗，思索着我的问题。"巨蟒？嗯，这是一种蛇，一种南美洲的蛇。"

"大吗？"

"哦，是的，他们很大。"

"他们吃狗吗？"

他的笑容消失了。"你为什么问这样的问题？"

"帐篷前面的横幅上写着'食狗巨蟒'。"

"哦，那个啊！哈哈！不，不，不，不。这只是一个活动，是演出的一个部分。我们这里有一条狗，看，他吃蛇。"

"吃蛇？真恶心。"

"我知道，不过我们必须谋生，是不是？这个家伙能吃蛇。我能做到吗？不能。你能做到吗？也不能。所以，你看，这里有各种各样的狗，孩子。"

"是的，不过……"

"哦，等一下，我现在明白了，你以为……哈哈哈……你以为那条蛇吃狗？"

"嗯，那上面写着'食狗巨蟒'。"

"哈哈哈！孩子啊孩子！你把每件事都往坏处想了。那上面的意思是，也许我能解释一下，那上面的意思是，'狗食巨蟒'，换句话说，狗吃蛇，所以我们有一条被狗吃掉的巨蟒。明白了吗？"

"你没骗我吗？不过那条蛇看起来很大，一条狗怎么吃得下这么巨大的蛇呢？"

"嗯，呃，那是一条大狗，我的意思是，你是怎么想的，一条小狗吃掉一条大蛇？不可能，他是你所见过的最大的狗，相信我。"

"天啊，文字的顺序竟然弄出这么大的差异来，是不是？"

"你在说什么文字的顺序？"

"'狗'与'食'哪个在前，这让人有点儿糊涂。"

"你知道吗，的确如此，我很高兴你把这一点指了出来。一个多么聪明的孩子啊！所以，你认为怎么样？你准备开始你的训练课了吗？"

"嗯，我想是的，如果你保证这很安全。"

他抬起头来，望着天上的云。"安全？沃尔，我此刻感觉到前所未有的安全。"

"是卓沃尔，还有一个'卓'字。"

"当然了。进来吧，孩子。"

哇，我简直无法相信自己的好运！他们打算立刻就开始训练我。我走进帐篷里，斯力克放下了垂帘，突然之间帐篷里暗了下来。斯力克让我坐下来，他在我面前来回踱着步。

"好吧，孩子，这是你的第一课，冥想英俊王子。你如此英俊，如此具有王子气质，你的举止完全与众不同，明白我的意思？把平时的举止从你的脑子里面赶出去，砰！你要高高地昂起你的鼻子，就像这样。"他把鼻子昂起一个傲慢的角度，"你甚至都不必睁开眼睛。"

"天啊？为什么？"

"嗯，一位英俊王子是很重要的，是不是？他会浪费宝贵的时间俯视下层的民众吗？不，不，不，不。冥想英俊王子，想想王子的重要性。你明白了吗？"

"嗯，我想是的。"

"很好，试一下。鼻子仰起来，眼睛闭上，现在，开始大摇大摆地向前走，昂首阔步。抬起那只脚。真不错。记住，你是一位非常重要的英俊王子，相貌英俊，举止优雅。"

我大摇大摆、昂首阔步，直到我撞在一根搭帐篷用的杆上，这真的撞疼了我的鼻子。我睁开眼睛，恰好瞥见斯力克正试图掩饰他的笑容。我说："当你的眼睛闭上时，你很难看到东西。"

"练习。你认为英俊王子是怎样造就的？这不是轻而易举就能练成的。再试一次。"

我又尝试了一次：傲慢地昂起鼻子，傲慢地走路，傲视一切。我开始感觉到越来越自然了，我这一次做得非常好，连斯力克都表示了赞同。"噢，这真是太棒了。孩子，你生来就是干这个的，我说的是真心话。"

"天啊，谢谢。"

"事实上……"他摆出了一副若有所思的姿态，"你知道吗？五分钟之后我们有一场表演……人群、观众、所有想要的一切。我打算让你走过舞台，做一回英俊王子。这就像是你的毕业典礼。你认为怎么样，呃？"

"嗯，这一直是我的梦想。"我艰难地咽了一口唾沫，"不过在观众面前，我会变得很紧张。"

"哦，胡说。他们都会喜欢你的。"他向我走过来，在我的脸颊上面拍

了一下，"不要忘了，沃尔，人人都爱英俊王子。坐下来，放松，我五分钟之后回来。"

"我叫卓沃尔，还有一个'卓'字。"

"当然。"

他匆匆忙忙地离开我，向帐篷的另一边走去，观众们正聚集在那里看表演。天啊，多么美好的一天，我只希望妈妈能在这里看到我。她会感到骄傲吗？

她还会大吃一惊。我从不认为她曾经对我抱有太大的期望，不过我在这里，准备从一所大学毕业了。

我坐下来，一边等待着我登台表演的伟大时刻，一边聆听着从人群中发出来的越来越大的噪声。我觉得有点儿紧张，不过我知道我能够做到。

一只鸟飞进了帐篷，他在我的头顶上盘旋了两圈，我注视着他。鸟儿们都很善良，做一只鸟或许会很有趣儿。我曾经尝试过飞行。我想我提到过这件事，不过，你们知道吗？我认为这是皮特跟我开的某种玩笑，他告诉我，如果我扇动我的耳朵，我就会飞起来。我扇动了我的耳朵，却差点儿摔断了我的鼻子。

还有一件事你们知道吗？飞进帐篷的不是一只鸟，而是一只蝙蝠。我甚至还认识这个家伙，他是鲍里斯。

他落在我面前的地上，说："你真是一个笨蛋！我简直无法相信你会这么做。"

"我怎么是一个笨蛋？我马上就要从一所大学毕业了。你曾经从一所大学毕业过吗？你这只丑陋的小蝙蝠。你是妒嫉，因为你永远也不会成为英俊王子。"

他摇了摇头。"你知道这里是什么地方吗？"

"见鬼，当然，这是你没能找到的英俊王子学校。"我听到从人群中传来一阵大笑声，"不是吗？"

"这里是游乐场。你妈妈没警告过你要远离游乐场吗？"

"当然警告过，不过这只因为她是妈妈，妈妈们知道什么？"

他向我走得更近些。"听着，天才，五分钟之后，他们就会把你推到那个舞台上，你知道那时会发生什么事吗？呃？"

"当然，我会得到英俊王子的毕业文凭。"

"错了，你会被一条比树还大的蛇吃掉！"

我咯咯地笑起来。"嘻嘻嘻，哦，那个啊，我已经问清楚了。看，他们有一条能吃蛇的大狗。我会得到我的文凭，而他则进行他的表演。"

鲍里斯径直跳到我的脸上。"噢，真的吗？坏消息，你就是那个表演。他们会让你变成热狗，被一条你做梦也想不到的巨蛇吃掉。"

"啊，不过斯力克说……"

"走到那里，向舞台上看一眼。"

"好吧，我会的，只是为了证明你是错的。"我走到帐篷里一个垂帘前，把我的鼻子从垂帘的缝隙中伸进去，然后……咽了一口唾沫，急忙回到鲍里斯身边。"那不可能是一条蛇。"

"那就是一条蛇。"

"没有那么大的蛇。"

"那是一条蟒蛇，他们吃绵羊、山羊与其他一些笨蛋。"

"不过斯力克看起来是那么善良。"

"哦，天啊，你想留在这里等待表演，让自己被吃掉吗？"

就在这时，我们听到了一个叫声："沃尔？还有两分钟！准备好！"

我低头注视着我丑陋的小朋友。"哦，我们不要等了。"

"哦，谢天谢地！快点儿，跑，跟着我！"

他飞出了帐篷的垂帘，我跟在他后面，快得就像……嘎！倒霉的运气，那条老腿对我罢工了。"救命，谋杀啊，哦，我的腿！"

斯力克的声音再次传过来。"沃尔？再过一分钟就到表演时间了！"

鲍里斯飞了回来，落在了我身边。"又怎么了！"

"嗯，这条老腿刚刚背弃了我，哦，好痛啊！"

鲍里斯闪闪发亮的小眼睛眨了几下。"痛？好吧，伙计，让我告诉你什么是痛。"我简直无法相信他在做什么。他把嘴张到最大，在我的秃尾巴上面咬了一口！"现在，起来，快跑！"

天啊，真痛！你们想不到一只微不足道的小蝙蝠会造成如此大的痛苦，但他的确如此。这真的很痛，我几乎忘掉了腿上的可怕疼痛。总之，我设法跑了起来，跟在鲍里斯的后面，离开了游乐场，回到了城镇里。

你们可能认为那条蛇把我吃掉了，不过他没有。你们高兴吗？我很高兴。

第十四章

公园

我们沿着一条又一条的小巷奔跑着，直到来到城镇中心的一个公园里。那时，我已上气不接下气，不得不停下来休息一会儿。不知为何，我的坏腿一直支撑着我。我爬到一丛灌木的下面，躲了起来。

鲍里斯的情绪看起来仍然很坏。"嗯，你真是一个与众不同的家伙。"

"谢谢。"

"你是一个与众不同的家伙……就像没有电池的手电筒。你差一点儿就变成了蛇的饲料。"

"我们谈些别的事吧。"

"我的意思是，那个家伙的名字叫斯力克①，而你竟然相信了他！"

"他很友善。"

"他是一个讨厌鬼，并且还不是一个普通的讨厌鬼。他是一个在游乐场工作的讨厌鬼！我简直无法相信你会上他的当！"

"他说他会教导我成为一个英俊王子。"

"嗯，你猜怎么样？他是一个满嘴谎言的大骗子。你在那里干什么？"

"我想睡一觉。现在是午夜，我已经筋疲力尽了。你不累吗？"

他用力吸了一口气。"我不累，老兄，夜晚是我活动的时间。你睡觉的

_____

① 斯力克（Slick），意思是"狡猾的"。

时候，我要出去捉些虫子。"

"你吃虫子？"

"当然，你认为我吃什么？"

"嗯……我不知道。我还以为蝙蝠吸血呢，因为你们都是吸血鬼。"

"吸血鬼！"他用一只翅膀尖拍打着自己的前额，"我怎么可能吸血呢？奉告你一句，我每个晚上都要吃掉与我自身重量相等的虫子。再奉告你一句，如果没有像我这样的蝙蝠，像你这样的狗就会浑身落满蚊子。你喜欢蚊子吗？"

"不喜欢。"

"那么就放尊重些，好吗？"

"抱歉我提到这些。"

"我要出去吃晚餐了，再见！"

"你还回来吗？"

"不，我已经完成了我的工作，我要离开了。"眨眼之间，他飞走了，甚至几乎没有发出一丝声响。我注意到了这件事。蝙蝠们总是像一道影子一样掠过天空，并且悄无声息。

嗯，我认为这是我最后一次见到他了。这很糟糕，因为我甚至没有感谢他……嗯，我想他救了我的命。当我回想起那条巨蛇时，一丝寒意掠过我的整个身体。他太巨大了，可以一口吞下我，甚至都不需要使用牙签。

我打了一个哈欠，蜷缩成一个球。接下来我所知道的事情，就是天已大亮，已是中午时分甚至更晚一些。我对着耀眼的太阳眨了一下眼睛，环视着四周，想要记起来自己在哪里。哦，是的，在公园里。英俊王子学校变成了一场闹剧，我差点儿成为一条蛇的腹中餐，还在灌木丛下面度过了一晚。

正如我所料，鲍里斯没有回来，这让我感到有些悲伤。即便他丑陋而乖戾，但事实证明，他是一位相当不错的朋友。想一想，他算是我唯一的朋友。讨厌。在这个世界上我唯一的朋友已经背弃了我。

我几乎要哭泣起来，就在这时，我抬起了头，看到有什么东西正挂在头顶的一根树枝上。那是一个棕色的东西，正头朝下地倒挂着。当然，他不可能是……不过，是的，他是鲍里斯。

我费了好大的劲儿才把他弄醒，我不得不把他从树枝上摇下来。他醒了，心情就像头一天晚上一样乖戾，或者更糟糕，显得非常暴躁。

"走开，可以吗？"

"我还以为你回奥斯汀去了。"

"我改变主意了。"

"哦，好啊，我有些事情想要告诉你。"

他从地上爬起来，用恶狠狠的眼光瞪了我一眼。"什么？最好是好事。"

"我曾经一心想要成为一位英俊王子，现在，我又变回了胆小的小狗。"

"你把我弄醒就是为了告诉我这个？"

"嗯，我觉得很悲哀，想要告诉什么人。"

"于是你选中了我。"

"是的，因为我们是朋友……我想。"

他很快摇了一下脑袋。"太好了。好吧，你想听听事实吗？"

"好的事实，还是坏的事实？"

"是真实的事实。"

"啊噢，那就是最糟糕的那种。"

"你准备好听了吗？"

"我想没有。"我用爪子捂住了自己的耳朵。

他向我走近些，提高了音量。"你永远也成为不了英俊王子。"

"我听不到你的话。"

"不，你能听到。我很抱歉，不过你成为不了一位英俊王子，因为你既不英俊，也没有王子气质。"

"你毁了我的梦想，我要哭了。"

"那就哭吧。把这个想法从你的脑子里清除掉。当你完成的时候，叫醒我。"

我哭了五分钟，然后叫醒了他。当他打哈欠的时候，我看到了他嘴里那些又长又尖的牙。难怪我的尾巴那么痛。

他说："好了，你把那些愚蠢的念头从你的脑子里清除掉了吗？"

"清除掉了一些。我想回家。"

他转动了一下眼珠儿。"你还没有搞清楚，是不是？你妈妈不想让你回家。"

"也许她改变主意了。"

"她不会改变主意的。她想让你在这个世界上找到属于你自己的地方。这是每一位母亲想要她的孩子做的事。"

"我又想哭了。"

"哦，快哭吧。"

我又哭了五分钟，然后擦干了眼泪。"我想你救了我的命。"

"千钧一发，你差点儿把它搞砸了。"

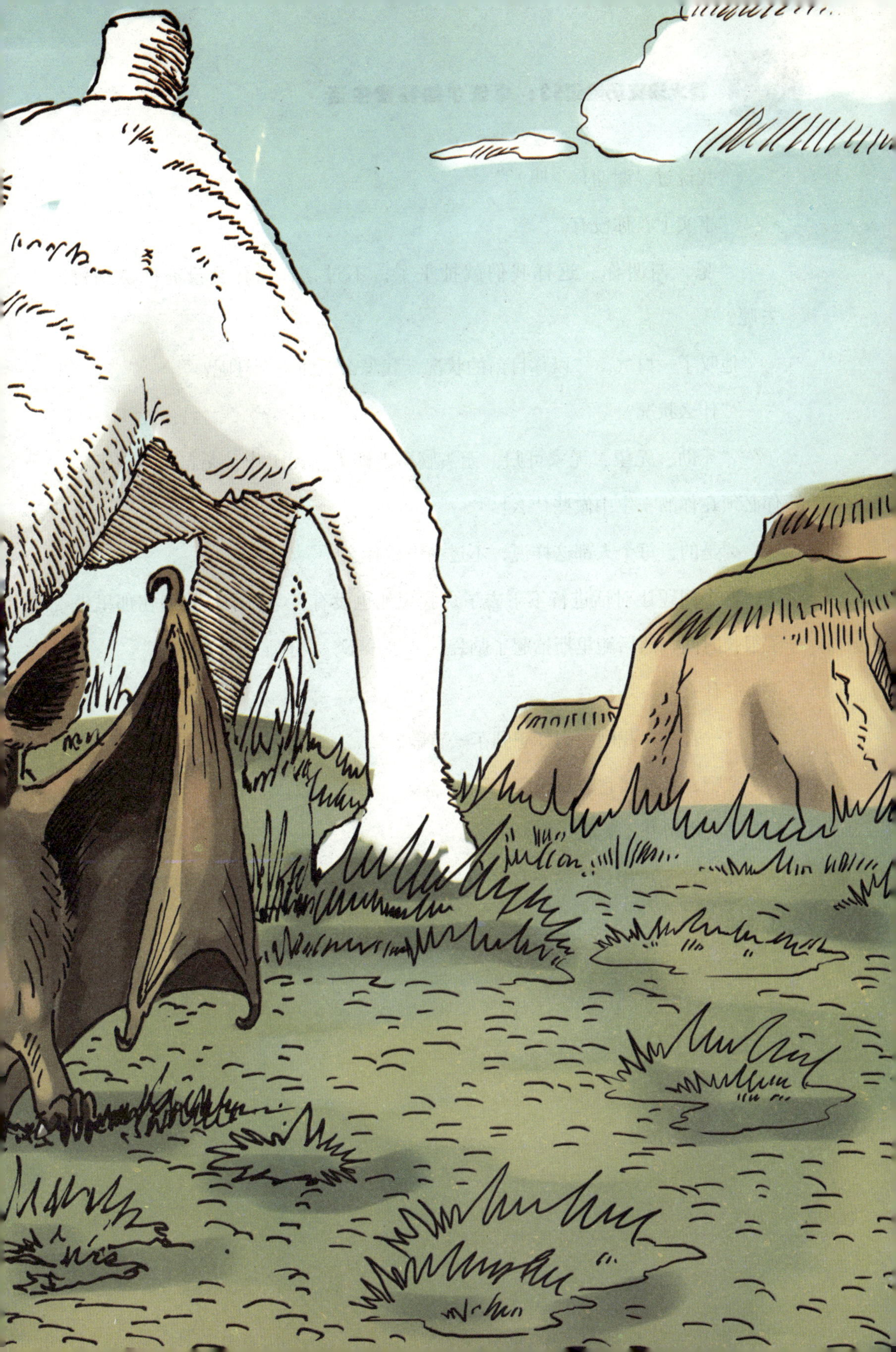

"我说过'谢谢你'吗？"

"事实上，你没有。"

"嗯，谢谢你。这样我们就扯平了。不过，你为什么没有回奥斯汀去呢？"

他叹了一口气。"以你目前的状况，我怎么能回奥斯汀呢？"

"什么状况？"

"无助、无望、无家可归、无头脑、无能力、无工作、无志向。孩子，你必须在你的一生中做些什么！"

"是的，每个人都这样说，不过……做什么？"

这个问题让对话进行不下去了。我想他也没有答案。于是我们在那里坐了很长时间，然后鲍里斯抬起了脑袋。"等一下，我有了，一首歌。"

"什么？"

"一首歌，我刚刚为你想到了一首歌。"

"嗯，我打赌它非常无聊。"

"我唱得并不无聊。好好听着。"

我简直无法相信，这只样子难看、骨瘦如柴的小蝙蝠居然会唱歌，就在我的面前。

第十五章

我从不知道
蝙蝠会唱歌

你需要一个梦想

现在，听我说，小狗，听听我要说些什么，

此时已经到了你寻找更好出路的时刻，

到目前为止你所过的生活并没有付出努力，

你需要一个梦想，

指引你远航。

一个简单的梦想，

我讨厌说教。

你妈妈想要告诉你，但是你不明白，

她一而再、再而三地想让你

成为一个独立并可信赖的家伙。

你需要一个梦想，

指引你前行。

一个简单的梦想，

我真的相信。

相反，你试图躲在你妈妈的篱笆里，

举止就像一条没有主见的杂种狗。

你想成为一位英俊王子，

但这不是梦想，

它只是一个妄想。

你永远也无法实现它，

那只是逃避现实。

看，还剩下什么，你站在哪里？

你会什么必备的技巧？

你不能把脑袋埋在沙子里，继续生活下去，

所以，向前走，

赶快采取行动。

表明你的立场，

展现你的才能。

至于勇气与智慧，你拥有的的确不多，

不过，往深处挖掘一下，你算得上一个正派的家伙，

一条诚实的狗能找到一个家，这不是谎话。

这是你的梦想，

出去寻找它。

不要为自己找借口，

出去寻找它。

所以，这是你的梦想，你一定能够实现它，

一条狗需要一个家，就像一朵花需要雨落下。

人类需要一条他们喜爱并且能够训练的狗，

去寻找一个孩子，

成为他的朋友。

站在他的身边，

直到生命的最后。

他唱完了歌，鞠了一个躬。"嗯，就是这首歌，你认为怎么样？"

"我不知道蝙蝠也会唱歌。"

"嗨，我来自奥斯汀，孩子，那是科罗拉多河上的一座音乐城。任何来自奥斯汀的蝙蝠都能像天使一样唱歌。"

"嗯，这首歌相当不错，不过我不会说你唱得像一个天使。"

他皱起眉头看着我。"你听到歌词了吗？或者你又睡着了？这首歌传递了一条信息给你。"

"是的，我听到了：去找一个家，交些朋友什么的。这些说起来容易，不过，我不认为我能做到。"

"你至少要尝试一下吧？"

"嗯……我很害羞。我很害怕。而这条老腿……"

他把翅膀举向空中，生气地跺起了脚："我简直无法相信这一点！你在这里坐着，在一丛灌木下面发着抖，而即使没有你，生活依然在继续。你认为这个世界打算来寻找你吗？"

　　我没有时间回答这个问题，这是好事，因为我没有答案。就在这时，我们听到了一个声音，像在关车门。我转过脑袋，看到几辆汽车……一大串汽车停在了路边，人们从车里走了出来。

　　鲍里斯朝着那个声音的方向眯起了眼睛。"那边发生了什么事？"

　　"我不知道，人们在公园里，我想。"

　　"干什么呢？"

　　"我不知道。戴上你的眼镜，自己看吧。"

　　他戴上了眼镜。看着他傻里傻气的样子，我极力忍着不笑出声来。"嗨，他们带来了密封的碟子、食物、装冰激凌的冷冻箱，还有草坪躺椅。有人在做汉堡包。你知道吗？我认为这是一次野餐。"

　　"我要哭了。从来没有人邀请过我参加野餐。"

　　"不要又哭又闹！这或许是你的大好机会。野餐，人群。在那群人中有人需要一条狗。"

　　"是的，不过不是像我这样的。没有人想要一条有着秃尾巴的小杂种狗。"

　　"采取行动，走到那群人中去！"

　　"我不去。"

　　"如果你不能为自己做这件事，为我这么做，给你自己找一个家……"他飞上了我的脸，"……这样，我也能回家了！"

　　"你不需要大喊大叫。"

　　"我当然需要。你是一个聋子、瞎子和懒鬼。如果没有人监督你，并朝着你叫喊，你就会变成毒菌。到人群中去，快点儿！"

我朝着人群走了几步，站住了。"我要做什么？"

他发出了一声呻吟："我是一条狗吗？我曾经是一条狗吗？我知道一条狗应该怎么做才能让他不会被拒绝吗？呜咽，表现出可爱的样子，让自己看起来楚楚可怜，打滚儿，握手，表演特技，追球，乞求。"

"是的，如果他们讨厌狗呢？"

他一把扯下眼镜，用它指着我。"好吧，伙计，够了！你想让我再在你的尾巴上咬一口吗？"

"不想，它让我痛得要命。"

"那么就快去，到人群当中去，我会一直看着。"

嗯……他没有留给我太多的选择余地。带着沉重的心情，我艰难地向着野餐的桌子走过去。我已经知道这将会演变成什么结果：又是一次巨大的失败。没有人比我更擅长制造失败。

一群男人围着木炭烤炉站着，谈论着天气、麦收和牧场的情况，于是我悄悄地走过去，坐下来。看到没有？我就知道，他们连看都没看我一眼。我打算放弃并回家去，只是我不再有一个家了，我妈妈把我踢了出来。

我的确觉得很气馁，不过，我还没来得及悄悄溜走并躲藏起来，那只专横的小蝙蝠突然扑了过来，叫喊着："表演一个特技！"

表演特技。我会任何特技吗？也许会一个。我已经学会了如何握手，于是我走到那群男人面前，举起我的爪子，等待着某个人注意到我，与我握手，并且大笑着说我很可爱，然后带我回家。

我在那里站了整整两分钟，却没有人向我伸出手。正如我推测的那样，他们讨厌狗，讨厌每一条狗，尤其是我。不过，在我悄悄地溜走之前，鲍里斯再次飞了过来，叫喊着："挠一下那个男人的腿！"

"什么？弄湿他的腿？我不认为这是一个好主意。"不过鲍里斯已经飞走了。我仔细地打量着我面前的那些腿，大约有二十五条。好吧，我给自己打气说，来吧。

腿被我尿湿的那个男人起初并没有注意到我的行为，然后他觉得他的鞋子湿了。当他转过身来时，并没有与我握手，而是尖叫着把我追到了一个野餐桌下面。

天啊，这真是意料不到的事情。其他的男人放声大笑起来，不过被我尿湿的那个家伙仍然用愤怒的眼光瞪着我。我准备放弃了，不过那只蝙蝠落到了我身边的草地上。

"这是怎么回事？"

"我照你说的话去做了，弄湿了他的腿。"

他向天空翻了翻白眼。"我说'挠一下'他的腿！挠他的腿，引起他的注意，然后和他握手。"

"哦，我说怎么这么奇怪。不过，我已经引起他的注意了。"

"我的天啊！"

"我现在能离开了吗？每个人都讨厌我。"

"不行，待在这里，跟人群待在一起。"他戴上了眼镜，指着一群正在草地上玩耍的孩子们。"啊哈，孩子们，这是通行证，每个人都喜欢与孩子在一起玩耍的狗。"

"如果他们取笑我的尾巴怎么办？"

"他们不会取笑你的尾巴。他们很可爱，他们很善良。"

"他们也很吵闹。"

那只蝙蝠挺起了胸膛，发出了嘶声。"唉，太糟糕了。到那边去，和孩子们玩球。"

"我的运动细胞不怎么样。"

"我不管。"

"我不知道怎么玩球。"

"自己想办法。快去！"

真见鬼，这听起来好像很困难。哦，算了。我向那群孩子们走过去，他们正把一只小小的橡皮球扔来扔去。其中一个男孩儿看到了我，然后……天啊，他微笑了起来，似乎很高兴看到我。

"嗨，小狗狗，你想要玩球吗？"

哦，当然。球。真有趣。

"好的，我扔球，你接球。"他把球扔了出去，"取回来！取回来！"

取回来？这对我来说是一个新词。它听起来像是"接住"，不过我没看出有什么办法能接住他掷向远方的球。这让我一头雾水。他一直在注视着我，等待着我做些什么。嗯，也许"取回来"的意思是握手，于是我向他伸出一只爪子。

他大笑起来。"不，小狗狗，不是握手。是取回来！"

压力真的很大。我换了另一只爪子，向他伸出我的左前爪。

"不，不，取回来！取回来！"

打滚儿？好吧，这听起来很困难，不过也许我能够做到。我打了一个滚儿……事实上，是两个。当我向四周环视时，他们已经跑开了，去追那个球去了。我也想跟他们一起玩耍，不过你们知道，玩耍是耗费体力的。我并不是真的热衷于玩耍，我需要的是打个小盹儿。

在野餐的餐桌下面有一片很清凉的影子，于是我向那个方向走过去，希望鲍里斯·O·讨厌鬼不会注意到我。不过，他当然注意到了，他又来了。

"现在又怎么了？"

"我又失败了。"

"他们希望你去追那个球，并把它带回来。这就是'取回来'的意思。"

"哦，我一直都很奇怪这个词是什么意思。可是现在太迟了。"

"回到那里去，和孩子们一起玩耍！"

"我筋疲力尽了。"

"你是一个懒惰的家伙，你本质如此。"

"也许打个盹儿会让我恢复过来，只要两个小时。"

他转动着他闪闪发光的小眼睛。"十五分钟，然后我会过来叫醒你。"

我希望他忘掉我。不，他不会的，他会再度纠缠我的。但是，也许在阴凉处休息一下会恢复我的精力。我做梦也没有想到寻找一个家会是如此困难。

第十六章

英雄找到
了归宿

　　我趴在一张野餐桌的影子下面，注视着人们的活动。男人们正在做汉堡包，香气扑鼻。几个女士把蛋糕放在餐桌上，打开了三个装着自制冰激凌的冷冻箱。我被诱惑着想要进行一场乞讨探险，不过，如果她们冲着我叫喊并把我赶得远远的怎么办？

　　此外，冰激凌太凉了，它会冻伤我的牙齿。

　　于是我只是坐在阴凉处，注视着整个场面，轻轻扇动着我的耳朵，不让苍蝇落下来。你们不会认为轻轻扇动耳朵会让你们感到疲乏吧，但是确实如此。我几乎打起了瞌睡。就在这时，一个女人走过桌边，有什么东西正好掉到我的两爪之间。我把鼻子伸过去，嗅了嗅那个东西。

　　那似乎是某种首饰，一条项链或者别的什么。我很想知道这东西是否好吃。不，它很坚硬，没有任何味道，我把它吐了出来。然后，我注意到一群女士们绕着野餐的区域走来走去，眼睛注视着地面。呃，也许她们在寻找什么东西。

　　其中的一位女士说："萨莉·梅，它就在这里的某个地方。"

　　那个叫萨莉·梅的女士说："它是我祖母最喜爱的项链，如果我把它弄丢了，我就死定了！鲁普尔，你能过来帮我找找项链吗？"

　　真见鬼，她丢了一条项链。多巧啊，在我的两只前爪之间正好有一条项链。打了几个哈欠之后，我仔细地看了看那条项链。唔，项链？天啊，也许她们正在寻找的项链，就是我两爪之间的这一条。嗯，当然，她们迟早会看到它的。

几个人从我身边走过去，但是没有人注意到那件首饰，我甚至还吠叫了几声，想要引起她们的注意。其实也算不上吠叫，只是哼了几声，但是她们理应听到的。

然后，一个有趣的想法跳进了我的脑海里。如果她们正在寻找我两爪之间的那条项链，也许我可以把它叼在嘴里，拿给那位名叫萨莉·梅的女士。这么做是一种高尚的行为，她肯定会很感激我。也许她会给我一个汉堡包，或者一块蛋糕。我喜欢蛋糕。

不过，午后骄阳似火，天气热得要命。要想把项链拿给她，我必须艰难地站起来，弯下腰，把项链叼在嘴里，然后在炎炎的烈日下一路跋涉走到她的身边。

噢！只是想想就让我疲惫不堪，然后，我的老腿又开始一阵阵地疼起来，这一切扼杀了我的那种想法。

搜寻项链的队伍越来越壮大，最后所有参加野餐的人都停下了手头的工作，参与进来。每个人都走来走去，搜寻着地面。汉堡包烤焦了，冰激凌融化了，萨莉·梅倒在一张草坪躺椅上，脸埋在手臂中，其他人站在她旁边，闷闷不乐地摇着他们的脑袋。

这真的是一个很悲伤的场面，我甚至开始抽泣起来。一件祖传的珍宝在一次野餐中弄丢了。真遗憾他们没有向我的两爪之间看一眼。见鬼，它就在众目睽睽之下，任何人都应该看到的。

一大颗眼泪沿着我的脸颊滚落下来，就在这时，我听到了拍打翅膀的声音。猜一猜谁落到了我身边？他的眼镜戴上了，他的眼睛让我想到了柚子，我想笑却没有笑出来，这会让他发疯的。

"把项链拿给那位女士。"

"我？"

"你。"

"它不是我的。"

"的确如此。"

"如果他们认为我偷了它怎么办？"

"把项链拿给那位女士！"

"我的腿要把我撕裂了。"

他张开嘴唇，向我露出了他又长又尖的牙。"你选择吧，我可以咬断你的尾巴，或者两只耳朵。"

"你说你吃虫子，不是尾巴。"

"快一点儿。"

"我不喜欢你。"

"耳朵还是尾巴？"

"你是一个专横、丑陋、乖戾、眼睛像柚子的讨厌蝙蝠。"他张开了嘴，向我的尾巴凑过来，"好吧，好吧，我就去。"

"你应该为自己感到羞愧。"

"是的，不过我没有。如果我死于中暑，这全都是你的错。"我用嘴叼起了项链，走出影子，进入酷热的阳光中。我几乎由于高温而晕倒。不过，我还是努力拖着身体穿过了草地，走到萨莉·梅坐着的椅子前。

我站在那里，等待着。她没有注意到我，没有人注意到我。嗯，我已经尽力了。我转过身，打算回到那片阴凉里。就在这时，有人说道："噢，看啊，那条狗找到了你的项链！"

人群中发出了倒吸凉气的声音。事情发生得太快了，我的头脑一片模糊。接下来我所知道的事情就是，我坐在萨莉·梅的腿上，她正在笑着，紧紧地搂着我的脖子。围绕在我们身边的每一个人都在微笑着、拍打着我的脑袋。天啊，这几乎就像我成了一名英雄，或者一位英俊王子。

这是在我身上发生的最令人激动的事情，它好得不能再好了，因为萨莉·梅注意到我没有戴颈圈，于是问她的丈夫是否可以带我回他们的牧场。他嘟囔了一些话，大意是说我看起来并不怎么像一条牧场犬，不过最终，他同意了。

我就是这样来到这个牧场上的——我做了一件好事，成了一条勇敢的小狗。我的勇敢并没有持续太久，但是在我需要它时，它仍然存在。

当人们开始吃午餐时，我坐在阴凉处，注视着。鲍里斯落在我的身边，向我咧嘴笑了一下。"我告诉过你什么？你要走到人群中。看看现在你得到了什么。"

"是的，我仍然无法相信这一切。他们甚至不在乎我是一条有着秃尾巴的小杂种狗。"

"看到没有，你成功了。正如我所说的，一颗善良的心胜过其他所有的一切。一条诚实的狗总是能够找到一份工作的。"

"是啊，不过如果不是你在这里不停地唠叨和威胁，我就会把事情搞砸的。"

他耸了耸肩，露出了一个微笑。"嗯，想清楚了，是不是？你把我从池塘里拉出来，我帮助你找到了一份工作，这就是我们需要朋友的原因。"

"我有点儿想让你留在这里，我开始喜欢上你了。"

"不行，我必须离开了，奥斯汀正在呼唤我的名字。"他竖起了耳朵，聆听着，"是的，它正在呼唤：'鲍里斯，回家啦！'对本议会还有什么可说的吗？"

"什么意思？"

"只是开个玩笑，不用介意。好了，祝贺你找到了一个家，他们看起来都像是善良的人。"

"谢谢你的帮助。你是一只非常善良的蝙蝠，不过，你能找到回奥斯汀的路吗？"

他笑了起来，指了指他的眼睛。"哦，是的，这一次我会戴上眼镜。潘汉德尔地区很不错，不过，我不想留在这里过冬，这里会下雪，是不是？我讨厌下雪。"他用翅膀搂住我的脖子，给了我一个拥抱。"善良一些，勇敢一些，多吃菠菜！"

"菠菜？"

我还没来得及告诉他狗不吃菠菜，他就已经展开翅膀飞走了。他在天空中盘旋了两圈，然后径直向着南方……向着奥斯汀，飞去了。

我猜关于吃菠菜的事情又是一个玩笑，有时候我要花一点儿时间才能反应过来。

嗯，这就是我的秘密生活。听上去并没有那么糟糕，是不是？而且它有一个幸福的结局。我在一个美丽的牧场上找到了一个家，并且交了一些朋友：汉克、皮特、公鸡首领克拉克，还有鲁普尔、萨莉·梅和牛仔斯利姆·常思。六个月以后，小阿尔弗雷德出生了。他逐渐长成了一个吵吵闹闹的小男孩儿，不过，我们相处得很好。当那些吵闹声令我无法忍受时，我便躲进器械棚里。

当妈妈听说我找到了新工作以后，她兴奋得发抖，不过你们知道关于那个有毒废料堆积处的事情吗？那只是一个骗局，她愚弄了我。

哦，算了。反正我的结局很完美，我喜欢幸福的结局。正如此时汉克会说的那样："案件结了。"

第54册《恐龙鸟事件》

　　这是牧场上平常的一天，汉克正在期盼着给他的剩饭中会有肥美多汁的腌肉，这样他就可以美餐一顿。不过，当小阿尔弗雷德分发食物时，两只相貌极不寻常的生物飞过了头顶，这使本来有望是阳光明媚的一天陡转直下，变得糟糕透顶起来。突然之间，剩饭消失了，牧场治安长官发现自己正面对着两只来自远古时代的恐龙鸟的入侵！他能在事态发展到无法收拾之前，彻底解开这个谜团吗？

下册预告

你读过警犬汉克所有的历险吗？

1. 《警犬汉克初次历险》
2. 《警犬汉克再历险境》
3. 《狗狗的潦倒生活》
4. 《牧场中部谋杀案》
5. 《凋谢的爱》
6. 《别在汉克头上动土》
7. 《玉米芯的诅咒》
8. 《独眼杀手案》
9. 《万圣节幽灵案》
10. 《时来运转》
11. 《迷失在黑森林》
12. 《拉小提琴的狐狸》
13. 《平安夜秃鹰受伤案》
14. 《汉克与猴子的闹剧》
15. 《猫咪失踪案》
16. 《迷失在暴风雪中》
17. 《恶叫狂》
18. 《大战巨角公牛》
19. 《午夜偷牛贼》
20. 《镜子里的幽灵》
21. 《吸血猫》
22. 《大黄蜂施毒案》
23. 《月光疯狂症》
24. 《黑帽刽子手》
25. 《龙卷风杀手》
26. 《牧羊犬绑架案》
27. 《暗夜潜行的骨头怪兽》
28. 《拖把水档案》

29. 《吸尘器吸血案》
30. 《干草垛猫咪案》
31. 《鱼钩消失案》
32. 《来自外太空的垃圾怪兽》
33. 《患麻疹的牛仔案》
34. 《斯利姆的告别》
35. 《马鞍棚抢劫案》
36. 《暴怒的罗威纳犬》
37. 《致命的哈哈比赛案》
38. 《放纵》
39. 《神秘的洗衣怪兽》
40. 《捕鸟犬失踪案》
41. 《大树被毁案》
42. 《机器人隐居案》
43. 《扭曲的猫咪》
44. 《训狗学校历险记》
45. 《天空塌陷事件》
46. 《狡猾的陷阱》
47. 《稚嫩的小鸡》
48. 《猴子盗贼》
49. 《装机关的汽车》
50. 《最古老的骨头》
51. 《天降大火》
52. 《寻找大白鹌鹑》
53. 《卓沃尔的秘密生活》
54. 《恐龙鸟事件》
55. 《秘密武器》
56. 《郊狼入侵》

118